JERRY MUSKRAT AT HOME
麝鼠杰里在微笑池塘

[美] 桑顿·W.伯吉斯 著　　赵娟丽 译

中国画报出版社·北京

图书在版编目（CIP）数据

麝鼠杰里在微笑池塘 /（美）伯吉斯著；赵娟丽译
. -- 北京：中国画报出版社，2018.4
ISBN 978-7-5146-1497-8

Ⅰ.①麝… Ⅱ.①伯…②赵… Ⅲ.①童话—美国—现代 Ⅳ.①I712.88

中国版本图书馆CIP数据核字(2017)第321203号

麝鼠杰里在微笑池塘

[美] 桑顿·W.伯吉斯 著　　赵娟丽 译

出 版 人：于九涛
责 任 编 辑：赵　菁
版 式 设 计：詹方圆
责 任 印 制：焦　洋

出版发行：中国画报出版社
地　　　址：中国北京市海淀区车公庄西路33号　邮编：100048
发 行 部：010-68469781　010-68414683（传真）
总编室兼传真：010-88417359　版权部：010-88417359

开　　本：32开（787mm×1092mm）
印　　张：7.5
字　　数：83千字
版　　次：2018年4月第1版　2018年4月第1次印刷
印　　刷：三河市文通印刷包装有限公司
书　　号：ISBN 978-7-5146-1497-8
定　　价：25.00元

出版说明

为了使读者朋友们全面了解这套动物小说，特作如下说明。

关于作者：桑顿·W. 伯吉斯（1874—1965）是美国国宝级儿童文学大师，世界三大动物小说大师之一。另外两位动物小说大师是欧内斯特·汤普森·西顿和亚瑟·贝雷。

桑顿·W. 伯吉斯的动物小说主打"温情"，欧内斯特·汤普森·西顿的动物小说主打"悲情"，亚瑟·贝雷的动物小说主打"恩情"。三种动物小说风格各异，蔚为大观，共同构成了20世纪前半叶世界动物小说的美丽画卷，促成了20世纪50年代后动物小说流派的开枝散叶和开花结果。动物小说创作的兴起和发展，赖此三子；动物小说的受欢迎和热销，亦赖此三子！

1874年2月14日，桑顿·W. 伯吉斯生于马萨诸塞州的桑威奇。同年，他的父亲病逝。从此，他与母亲相依为命，母子二人生活清苦。童年时，他就放牛，摘野草莓，收野浆果，从池塘里运水莲，卖糖果，抓麝鼠……

桑顿·W. 伯吉斯的第一位雇主是威廉·C. 奇普曼。威廉·C. 奇普曼的居住地遍布森林和沼泽，是野生动物生活的天堂。优美的环境深深地印在小伯吉斯的脑海里，后来激发了他无限的创作灵感。他的作品中的许多地点，譬如哈哈溪、微笑池塘、格林森林、格林牧场、蔷薇丛等，莫不与其童年的经历有关。

1891年，桑顿·W.伯吉斯毕业于桑威奇高中。1892年到1893年，他在波士顿一所商科学校短暂学习过一段时间。不过，他对商科不感兴趣，一心想成为作家。最后，他选择了菲尔普斯出版公司（Phelps Publishing Company），担任编辑助理。

1905年，桑顿·W.伯吉斯与妮娜·奥斯本喜结连理。遗憾的是，一年后，妮娜·奥斯本去世了，留下一子。据说，桑顿·W.伯吉斯之所以创作动物小说，是因为他想通过给儿子讲故事，陪儿子长大。1911年，桑顿·W.伯吉斯再婚。他的妻子叫范妮。范妮结过一次婚，嫁给桑顿·W.伯吉斯时已经是两个孩子的母亲了。1925年，夫妇二人在马萨诸塞州的汉普登买了一所房子。桑顿·W.伯吉斯在这里一住就是三十二年，直到1957年。其间，他常回桑威奇。他经常说，桑威奇是他的精神家园。桑威奇的经历，桑威奇的熟人，都强化了他的创作志趣，促进了他的文学风格的形成。五十年来，他笔耕不辍，著作等身，其中出版的动物小说就达一百七十种，为日报专栏写的动物小说故事就更多了，超过了一万五千篇。1960年，桑顿·W.伯吉斯最后一本书《业余自然主义者自传》（*Autobiography of an Amateur Naturalist*）面世，讲述了他从懵懂顽童走向文学生涯巅峰的故事。1965年6月5日，桑顿·W.伯吉斯病逝，享寿九十一岁。

关于作品：本次出版桑顿·W.伯吉斯的作品共十二册，分别是《快乐的松鼠杰克》、《兔子彼得夫人》、《狐狸奶奶》、《猎犬鲍泽》、《大熊巴斯特的双胞胎》、《麝鼠杰里在微笑池塘》、《乌鸦布雷奇》、《水貂比利》、《小水獭乔》、《森林鼠怀特富特》、《长腿苍鹭》和《鹿莱特富特》。每本书都以一个小动物为主题，讲述了跌宕起伏的冒险故事，演绎了"温情"这个主旋律。无论主角还是配角，都向往"公平"和"友好"。大自然母亲，西风妈妈和她的孩子们——快乐的小微风，太阳公公，月亮婆婆，北风哥哥和冰霜杰克等配角莫不如此，更不用说快乐的松鼠杰克等主角了。此外，伯吉斯将"环保理念"融入了小说。随着伯吉斯动物小说影响的不断扩大，"环保理念"进入千家万户，积极地推动了20世纪50年代后环保主义、自然保护主义和可持续发展主义的兴起。

关于版本：本书依据纽约格罗塞&邓拉普（GROSSET & DUNLAP）出版公司的版本翻译而成。

关于丛书的影响：（一）多语种出版，全欧美畅销。桑顿·W.伯吉斯生前及去世后，其作品被翻译成德语、法语、意大利语、西班牙语、瑞典语、盖尔语等十多个语种，据说，总销量已经超过一亿册。（二）桑顿·W.伯吉斯的作品中的主角"兔子彼得"（由哈里森·卡迪创作）与比阿特丽克斯·波特创作的"彼得兔"一争高下。桑顿·W.伯吉斯说："比阿特丽克斯·波特创作的'彼得兔'形象名扬全世界，而我和哈里森·卡迪创作的'兔子彼得'同样深入人心。"（三）自然广播联盟近五十年大力推荐，美国三十个州数千万人受益匪浅。从1912年开始，桑顿·W.伯吉斯通过自然广播联盟播出他的动物小说，美国三十个州数千万人收听，深受父母和老师们好评。（四）推进动物小说在美国的普及，桑顿·W.伯吉斯荣膺"世界三大动物小说大师之一"的美誉。五十年辛苦不寻常，他的"温情"动物小说与世界另外两位动物小说大师西顿和贝雷的作品分庭抗礼，不分伯仲。（五）促进了环保理念在美国上下的普及。《迁徙性野生动物保护法》诞生，桑顿·W. 伯吉斯功不可没。以保护土壤为目标的"格林森林俱乐部"（The Green Meadow Club）和以保护野生动物为目标的"睡前故事俱乐部"（The Bedtime Stories Club）的成立，离不开桑顿·W. 伯吉斯的努力。（六）荣获波士顿科学博物馆（Museum of Science, Boston）金奖和永久性野生动物保护（Permanent Wildlife Protection Fund）特殊贡献奖两项大奖。

关于译者：本书译者为西安科技大学李黎老师与王立言老师、兰州交通大学的王宝老师与赵娟丽老师、陇东学院的韩晓老师以及资深翻译王清老师。其中，李黎老师翻译了《快乐的松鼠杰克》《兔子彼得夫人》，赵娟丽老师翻译了《水貂比利》《麝鼠杰里在微笑池塘》《长腿苍鹭》，王宝老师翻译了《乌鸦布雷奇》《大熊巴斯特的双胞胎》《森林鼠怀特富特》《鹿莱特富特》，王立言老师翻译了《猎犬鲍泽》，韩晓老师翻译了《小水獭乔》，王清老师翻译了《狐狸奶奶》……各位老师治学严谨，译笔优美，为确保本书的质量奉献良多。在此，深表敬意。

尽管出版前我们做了许多工作，然而不足之处实难避免，欢迎读者朋友们批评指正。

目 录

第一章 兔子彼得与青蛙老爷爷的对话……002

第二章 未雨绸缪肯定不会错……008

第三章 安全第一,舒适其次……014

第四章 麝鼠杰里与兔子彼得的不同……020

第五章 狐狸雷迪拍马屁……028

第六章 世界上最幸福的狐狸……034

第七章 一语惊醒梦中人……040

第八章 麝鼠杰里为狐狸雷迪设计房子……046

第九章 好点子可能没有好结果……054

第十章 沙子和土的区别……060

第十一章 麝鼠杰里要储存过冬的食物了……066

第十二章 麝鼠杰里爱吃河蚌和蛤蜊……072

第十三章 麝鼠杰里的主食……078

第十四章 胡萝卜引起麝鼠杰里的兴趣……084

第十五章 邀请麝鼠杰里去挖胡萝卜……090

第十六章 麝鼠杰里独自去找胡萝卜……096

第十七章 乌鸦布雷奇带来的消息……102

第十八章 麝鼠杰里"道歉"……108

第十九章 说出去的话不能收回来……114

第二十章 麝鼠杰里说话算话……120

第二十一章 麝鼠杰里冒险再去胡萝卜地……126

第二十二章 麝鼠杰里的好点子……132

第二十三章 麝鼠杰里说干就干……138

第二十四章 狐狸雷迪惊愕不已……144

第二十五章 狐狸雷迪失去理智……150

第二十六章 发现麝鼠杰里的踪迹……156

第二十七章 智慧战胜愤怒……162

第二十八章 松鸦塞米多管闲事……168

第二十九章 松鸦塞米向麝鼠杰里示警……174

第三十章 麝鼠杰里神秘地消失了……180

第三十一章 真相大白了……186

第三十二章 狐狸雷迪再次失败……192

第三十三章 抓住麝鼠杰里不容易……198

第三十四章 陌生人投食……204

第三十五章 麝鼠杰里的尾巴被夹住了……210

第三十六章 麝鼠杰里治伤……216

第三十七章 麝鼠杰里满腹疑虑……222

第三十八章 农夫布朗的儿子发脾气……228

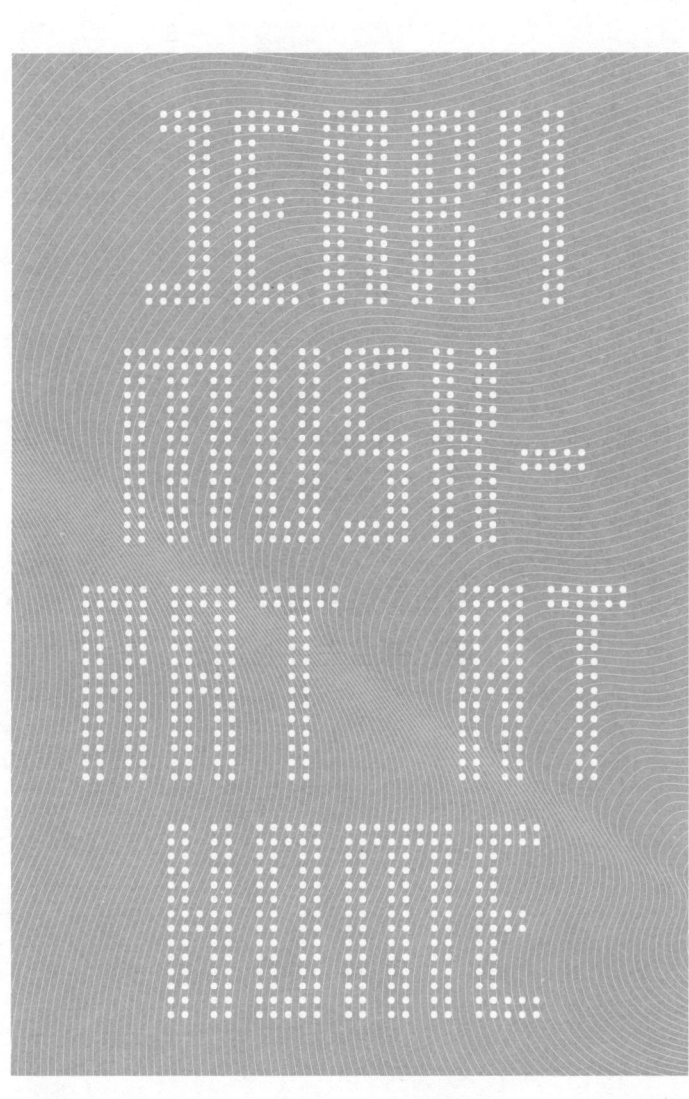

第一章
兔子彼得与
青蛙老爷爷的对话

今日事情今日毕,
明日有空去玩耍。

麝鼠杰里在盖新房子。每到星光灿烂的晚上,兔子彼得就会蹦蹦跳跳地离开蔷薇丛,绕过微笑池塘,去看麝鼠杰里新房子的进展情况。兔子彼得按捺不住自己的好奇心,盼着看到一面墙"拔水而起"。但是一天天过去了,麝鼠杰里的房子却没有任何进展,兔子彼得不免有些失望。水面上,除了能看到泥浆和麝鼠杰里偶尔露出来的头之外,根本看不出麝鼠杰里是在盖房子。不过,他露出头来呼吸新鲜空气,就说明微笑池塘下面有动静。

一连几个晚上,看到的都是相同的情况,兔子彼得开始起疑心了:难道麝鼠杰里根本就没盖房子?他把自己的疑虑告诉了青蛙老爷爷："如果麝鼠杰里真的在盖房子，至少我能看到房子的影子吧。我猜他就是虚张声势，他根本就没有盖房子。他已经有两套房子了，没有必要再盖一套了吧。"

青蛙老爷爷咧开大嘴巴一个劲儿地笑，圆鼓鼓的眼睛瞪着坐在岸边的兔子彼得，温和地说："或许你觉得你能盖房子，甚至比麝鼠杰里盖得还快、还好。"

兔子彼得傻乎乎地坐着，一句话也没有说，但心里跟明镜似的，青蛙老爷爷知道他这辈子还没盖过房子呢。于是，他反唇相讥道："麝鼠杰里就是速度太慢了，如果打个地基就花这么长时间的话，那么到了年底，天气变冷之后，他的房子才能盖好。"

青蛙老爷爷咯咯地笑着说："兔子彼得，你知道的不少呀。我觉得，你恐怕认为房子上面的部分是主体工程吧。跟你说实话吧，你看到的其实是房子中最容易盖的部分。你真该学学潜水、看看水下的地基，如果你现在不学习的话,以后你想学也没机会了。"

兔子彼得羡慕地看着微笑池塘,说:"我也希望自己能游泳、会潜水,我当然希望啦!"但当他看到微笑池塘中的水那么浑浊的时候,便改变了自己的想法。"你说的没错,水下面发生了有趣的事情,如果我可以潜水的话,我就不用睁大眼睛望着那些浑水了。"

青蛙老爷爷哈哈大笑起来,他可从来不在乎水是清澈的还是混浊的,潜入水底时,他还特别喜欢往淤泥里钻。在他看来,不喜欢浑水的动物有些可笑,他非常喜欢浑水,因为他可以轻松地藏在那里面。

看着正在波动的浑水,兔子彼得知道麝鼠杰里正在那里干活呢。"我还是那么认为,麝鼠杰里要盖好这栋房子得花上些时间。"

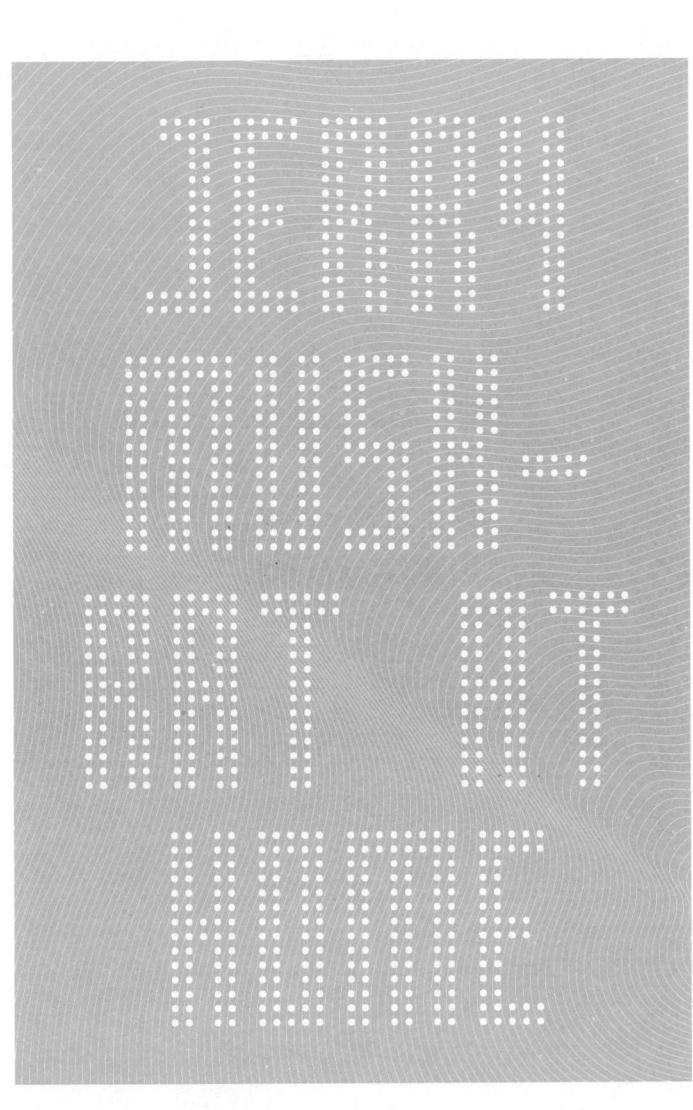

第二章
未雨绸缪肯定不会错

尽全力做一件事,
但要有个好开始。

你见过盖房子吗？你知道怎么挖地下室、怎么铺设下水道和水管吗？这些工程需要投入大量精力。虽然它们都是地下工程，看起来似乎和上面的房子关系不大，但它们才是房子最主要、最基础的部分。

麝鼠杰里的房子也是这么盖。在开始盖上面的住房前，他得先做大量的工作，更何况他的房子是建在水面上的。青蛙老爷爷说的没错，在麝鼠杰里建造房子的过程中，水上面的部分是整个工程中最容易完成的环节。

首先，麝鼠杰里得挖地下室。他堆起好多泥巴，要用它们垒墙，这是建新房子一开始就要做的。挖好地下室后，地下室里的水会比地下室周围的水更深，这也正是他挖地下室的原因。他知道这块水域较浅，冬天的时候很容易结冰，他可不希望自己的房子在入了冬以后也结冰。那么房子的内部呢？那个地下室实际上就是房子的一部分，他可以随意进进出出。安全很重要，不能让房子在冬天被冻住了，所以他费尽心力地把地下室挖得很深。

然后，从地下室开始，麝鼠杰里着手挖一条通往微笑池塘的通道，挖这条通道得花些时日。挖到河岸边时，他将通道斜着通到一个干燥的地方，这样一来，即使春天涨潮的时候，潮水也不会顺着通道灌进他的家里。当然了，如果遇到了像去年春天那样的大洪水，他也没有办法了。毕竟，去年的大洪水毁掉了他的旧房子。之后，他还在那里修了一间温馨而舒适的卧室，以后要住的时候，他只需要用草做张床就行了。

做好上面的工作后，麝鼠杰里就回到了地下室，开始着手挖另一条通道。这条通道通向微笑池塘的最深处。他知道,冬天的时候,微笑池塘总会结冰,但是,不管上面的冰层有多厚,冰层下面还是会有流水的。这条通道挖通后,他又挖了另外两条通道,一条通到河岸边,另一条连接深水区。这样一来,就算前面那两条通道出了故障,他也还有另外两条备用。麝鼠杰里觉得未雨绸缪肯定不会错。

要挖这样几条通道既费时又费力,因此,岸边的兔子彼得总等不到杰里的新房子从水面上立起来。麝鼠杰里用挖地下室的泥土来拓宽地下室周围的地基,这项工作使那片水域变得浑浊起来。

事实上,那些通道和房子本身一样重要,甚至从某种意义上讲,比房子还重要。因此,麝鼠杰里煞费苦心地挖啊挖。他知道,说不定将来有一天,他就需要凭借这些通道活命呢。既然如此,他现在就得做好,不能出现任何差错。直到挖好所有的通道后,他才开始考虑修建房子的其他部分。

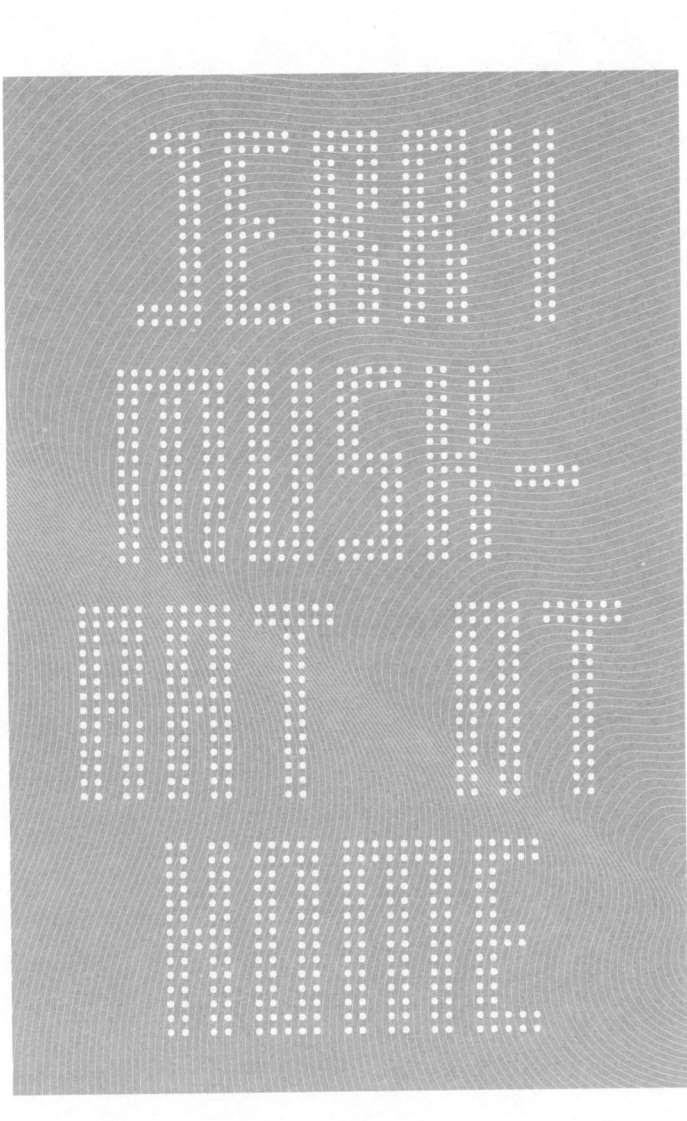

第三章
安全第一,舒适其次

幸福要亲身经历,
不要羡慕你的邻居。

如果有人问麝鼠杰里怎么盖房子，那么他会给出这样的建议：安全第一，舒适其次。格林牧场和格林森林里的小动物们都觉得这个建议好极了，就连兔子彼得也赞同这种看法。尽管大家都知道，兔子彼得不可能去实践这个建议。如果说安全意味着要进行大量的准备工作的话，那么兔子彼得宁愿危险随时相随。就算他自己住的地方不怎么舒适，只要还能捱得过，他就不想工作。有些人就是那么懒惰，那么目光短浅，是不是很可笑呢？

　　麝鼠杰里不属于那类人，和那类人完全不沾边儿。挖掘通往岸边的通道和通往微笑池塘深水区的通道时，他考虑的是安全问题；修筑水面的墙壁时，他考虑的同样是安全问题。他知道，冰霜杰克横扫微笑池塘时，所到之处将是一片萧索，之后，大雪便会覆盖所有的地方。一旦微笑池塘的水面结冰，老郊狼、狐狸雷迪和狐狸老奶奶就可以轻而易举地来到他的家门口。如果房子的墙壁垒得太薄、质量太差的话，老郊狼、狐狸雷迪和狐狸老奶奶便可以轻易地打破它，到时候，他就危险了。另外，墙壁也可能会在冰霜杰克肆虐的时候裂开，到那时，冬天的寒风便会吹进来，他就要受冻了。杰里有种难以名状的感觉，觉得将要来临的这个冬天会特别冷。因此，麝鼠杰里准备把墙壁修筑得特别厚实，并尽自己所能地挖了一些坚韧的香蒲草和灯芯草，选用它们最牢靠的部分作为墙体材料。他还去哈哈溪找了一些树枝，然后拖着这些材料绕过微笑池塘来到他的建筑工地，把它们跟泥巴和在一起，垒出坚固而厚实的墙。除了他和河狸帕迪，这项工作没人做得了。

兔子彼得站在河岸边观察麝鼠杰里的房子,之后,不屑一顾地说:"除了一堆垃圾什么也没有。"

说实话,这也不能怪兔子彼得,因为从河岸上看,那里的确只有一堆垃圾。兔子彼得看不到房子的内部,其实,它的里面有一个很温馨的卧室,这个卧室可以容纳麝鼠杰里和他的两三个好友。不仅如此,即使微笑池塘水位上升,他的房间也丝毫不受影响。这样一间温馨舒适的卧室与水下的地下室相连,从地下室出发,经过通道,麝鼠杰里既可以到达岸边,又可以抵达微笑池塘的深水区。

因此,麝鼠杰里挖通道、垒墙体时考虑的是安全问题,而修卧室时,则将舒适放在了首位。当然了,如果他不能确保既安全又舒适的话,那么他会毅然决然地选择安全。但是,如果二者可以兼顾的话,他当然更乐意了。

墙壁越垒越高,卧室的屋顶也已经成型。这次,他还是沿用了老房子的盖法,在屋顶上留了一个很小的通风口。麝鼠杰里深知呼吸新鲜空气的重要性,不管冬天多么冷,新鲜空气是万万不能断的,所以,在盖屋顶的时候,他特意留了那个通风口。辛苦了好多个夜晚之后,在放置最后一根树枝和灯芯草的时候,麝鼠杰里由衷地感叹道:"这一切努力都是值得的呀!"

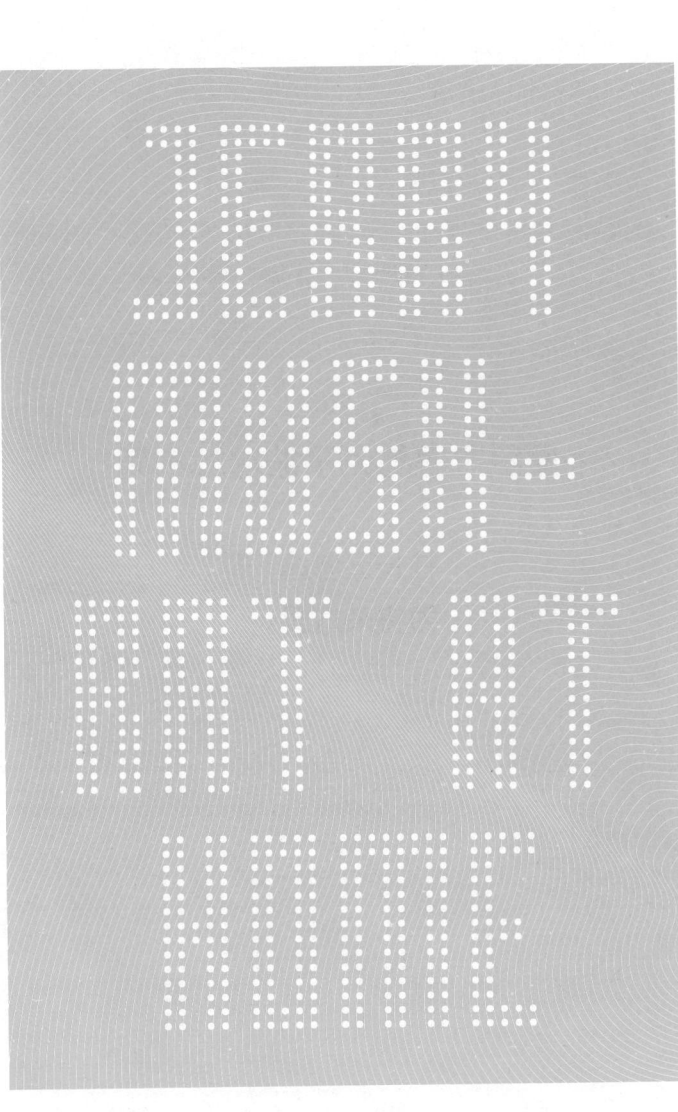

第四章
麝鼠杰里与兔子彼得的不同

往长远考虑,
为将来打算。

既然房子已经盖好了,麝鼠杰里便觉得自己可以好好休息一下了。他已经专心致志、一门心思地辛苦工作了好长时间了,现在是他享受劳动成果的时候。

兔子彼得说麝鼠杰里的房子的确是一栋顶呱呱的建筑,好像他是一名房屋评估师似的。实际上,别人废弃不要的破房子都成了兔子彼得的"宠儿"。

麝鼠杰里说:"没错,它是栋好房子,比我的旧房子好多啦。很高兴我完工了,盖这样的一栋房子需要耗费大量的精力,需要长时间的辛勤劳作。"

兔子彼得兴奋地喊道:"那是肯定的!不过,为了一个住的地方就那么卖命地工作,我才不愿意呢。"

麝鼠杰里看着兔子彼得无奈地摇摇头,说:"彼得,你是不是只能看到你自己?"

兔子彼得回答道:"为什么这么说呢,我当然能看到我自己啦。如果我不能看到我自己的话,那么我以前怎么看东西呢?"

麝鼠杰里哈哈大笑起来,解释道:"我不是那个意思啦,我是说你从来不往长远考虑,不为将来做打算。你不会为冬天做准备,是不是?"

兔子彼得毫不犹豫地说:"自然不会了,每天都有新麻烦,这些就够烦人的啦。如果事情没发生,总是瞎担心,这有什么意义呢?我觉得,等事情发生了再担心也不晚。"

麝鼠杰里反问道:"谁担心了?我才不去担心呢!正是为了让自己不要担心,所以我才一直那么辛苦地工作。兔子彼得,如果你继续傻坐在这里的话,到了冬天,你可就难熬啦。我觉得今年冬天将会特别冷,所以，你得想办法赶快找些食物啦，否则的话，等天气变冷了，你再出去找食物可就不好找啦，到时候你会冻得瑟瑟发抖的。"

兔子彼得插嘴道："或许今年冬天根本就不会很冷呢！"

麝鼠杰里没有留意兔子彼得的话，继续说："现在我的日子过得舒舒服服，简直比神仙还快活呢。不管冬天多冷，我都不怕，不管严寒酷暑还是暴风冷雨，我都不受影响。"麝鼠杰里用尾巴拍了拍地面，继续说道："我的卧室非常温暖，里面有张舒服的草床。我房子的墙壁很厚实，密不透风，冰霜杰克充其量只能冻实墙上和屋顶上的泥巴。只要我乐意，我就可以躲在冰面下游泳。累了，我就可以休息一会儿。我要把从岸上找到的食物储存在我的储藏室里，冰霜杰克可能会随时到来。这样一来，整个冬季，我就可以舒服地生活啦。我能在冬天过上这样舒服的生活，是因为在此之前我辛苦劳作、未雨绸缪。"

兔子彼得突然想到一个问题，问道："你的储藏室要存满食物吗？"

麝鼠杰里说："噢，不是，没有必要。在微笑池塘底部，我一般能找到很多树根和类似的东西。"

兔子彼得又问："既然这样，你现在忙着准备什么呢？这不是在浪费时间吗？更不要提你的工作啦。"

麝鼠杰里反驳道："事情不是你想的那样！我这是勤俭节约。这样一来，就算我在微笑池塘找不到我想要的东西，我也不会饿肚子啦。"

兔子彼得说："哈！没必要的事情我才不会做呢，这不是多此一举嘛。"

麝鼠杰里哈哈大笑道："也就是说，直到现在，你还没有学会生活！"

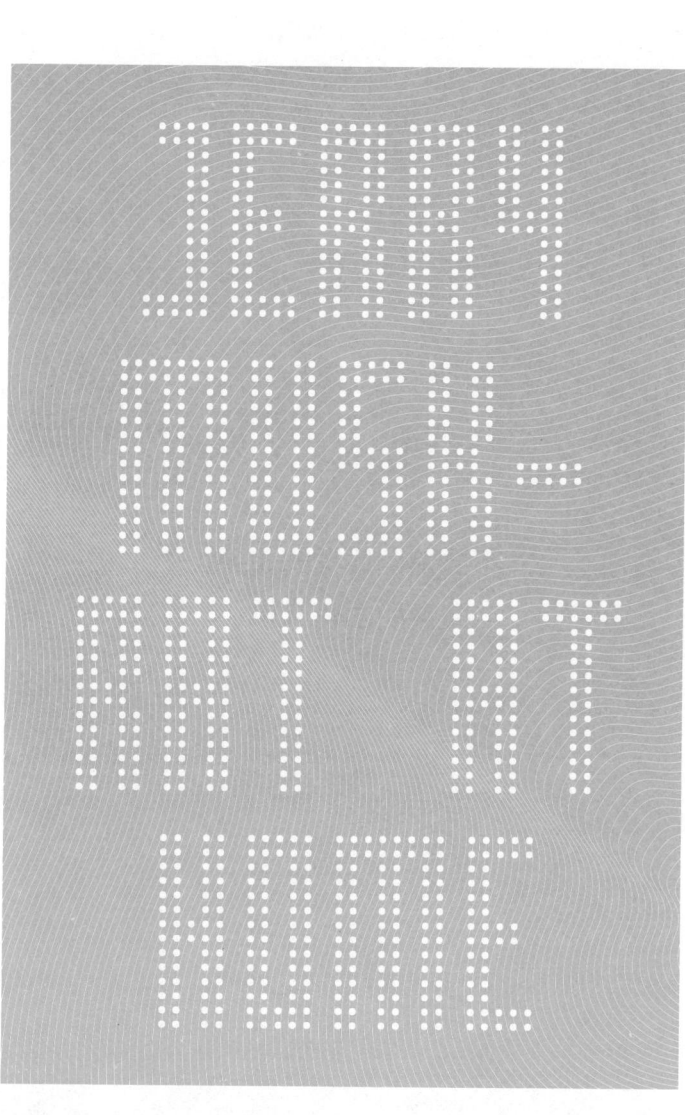

第五章
狐狸雷迪拍马屁

不要相信狐狸的微笑,
微笑后面有玄机。

在这个世界上,如果说谁最能讨人欢心的话,还有谁能比得过狐狸雷迪呢。他可会讨人欢心啦,不说别的,光是那身红色的外套就够吸引人的了。如果他再摆出彬彬有礼的架势,露出纯洁无邪的眼神,真是人见人夸啊。不过,他经常咧开嘴笑,一开口,就会露出两排长牙,没有人喜欢他的这种形象。

狐狸雷迪知道微笑池塘里发生的一切事情,因为他一天到晚都竖着耳朵,到处打听别人的闲事,这就是他的营生。一到晚上,麝鼠杰里在新房子里工作的时候,狐狸雷迪就会溜到微笑池塘,钻进灌木丛里偷窥,然后再悄悄地溜走。他来去非常小心,以防被人看到。

　　反复思量整个事情后，狐狸雷迪自言自语道："现在我还没办法抓到麝鼠杰里，只要他还在为新房子工作，我就没办法抓他。等他完工了之后，他就会考虑如何储存过冬的食物了，因为有了这么好的房子之后，他一定会想在那里存满美味的食物。我得四处看看，说不定以后，我就可以在某处伏击他了。"

　　狐狸雷迪咧开嘴笑了笑，露出了他的长牙。每天晚上偷窥完麝鼠杰里的工作，他都会那样笑一笑。终于，麝鼠杰里的房子总算盖好了。狐狸雷迪知道麝鼠杰里什么时候停工，也知道麝鼠杰里得休息一阵，然后开始储存过冬的食物。因此，狐狸雷迪便耐心地等着麝鼠杰里外出寻找食物。一天晚上，狐狸雷迪大模大样地去了微笑池塘。他端坐在岸边，皎洁的月光照着他，那样子别提多漂亮啦！他的微笑是那么迷人，他的模样那么善良。而且，他还知道怎样发出富有磁性的声音。他开口说道:"晚上好,麝鼠杰里老兄!"当时,麝鼠杰里正在池塘里游泳。听到狐狸雷迪的声音后,麝鼠杰里停止了游泳,抬头看了看狐狸雷迪。他当然不能比狐狸雷迪差劲了,于是,也很有礼貌地回应了一声"晚上好",然后继续游泳。下一个瞬间,他便潜入水底,消失在了那个通往岸边的通道入口。过了一会儿,他才出来呼吸新鲜空气。他发现狐狸雷迪仍然坐在刚才那个地方,还像之前那么讨人喜欢。

狐狸雷迪说:"我好喜欢你的房子啊,虽然我见多识广,见过无数好房子,但是,它们都比不过你的新房子。它太美啦,简直是天下无双,连河狸帕迪都盖不出这么好的房子。"

当然了,我们都知道,这是赤裸裸的拍马屁,根本不可信。众所周知,河狸帕迪是建筑领域的大师。但不管怎样,听了狐狸雷迪的话,麝鼠杰里还是心花怒放。尽管麝鼠杰里清楚这不是狐狸雷迪的心里话,但他还是凑了过去,因为他想继续听狐狸雷迪的甜言蜜语。

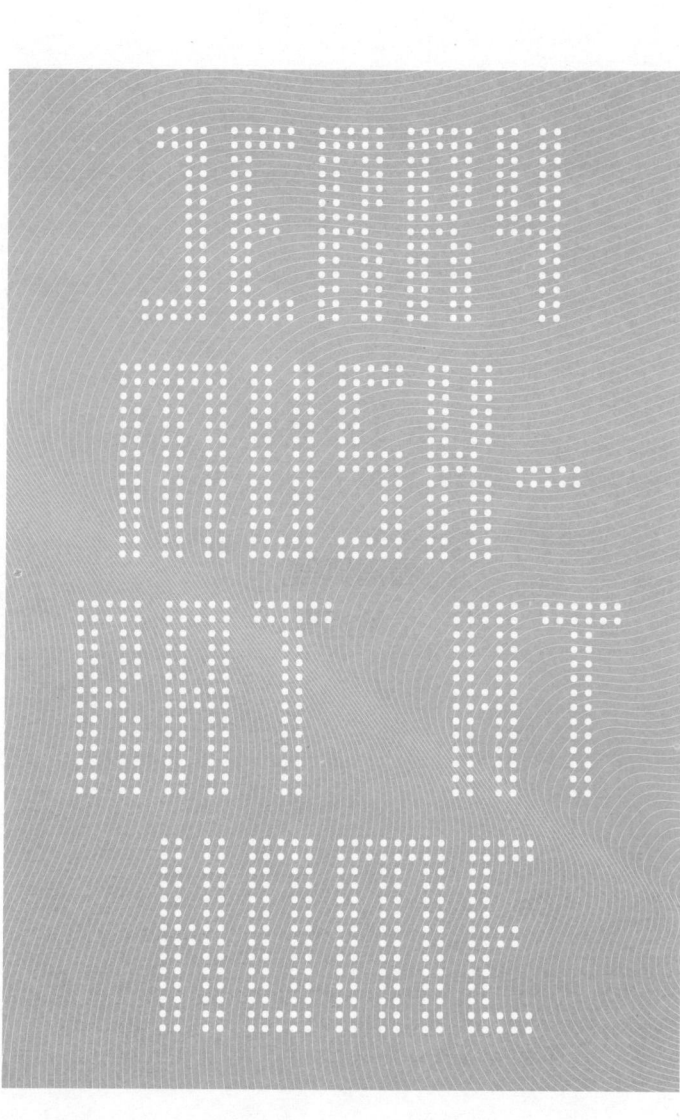

第六章
世界上最幸福的狐狸

看清狐狸,
危险远离。

麝鼠杰里知道，与其听狐狸雷迪的花言巧语，不如趁早离开。但是，和大多数小动物一样，麝鼠杰里也喜欢听别人的奉承。听到狐狸雷迪说他的新房子是最美的，甚至河狸帕迪都盖不出这么好的房子时，麝鼠杰里就不忍心赶他走了。

　　麝鼠杰里想："只要我在水里面不出去，狐狸雷迪就拿我没办法，我也就不会有什么危险了。啊，听一听有品位又懂你的人说话，真是一种享受呀。"因此，麝鼠杰里就在附近游来游去绕圈圈，或者干脆浮在水面上，听狐狸雷迪瞎扯。

　　格林牧场和格林森林里的小伙伴们其实都清楚，

狐狸雷迪太能说会道啦，他那张嘴巴，可以把真的说成假的，把假的说成真的，让听的人无不欢喜。

狐狸雷迪冲麝鼠杰里露出了一个友好的微笑，然后说："麝鼠杰里，如果我是你，我肯定对自己的成绩感到自豪，估计我都要高兴得飞上天啦。你看起来好像没有一点儿骄傲的样子，就算你摆出骄傲的姿态，也没有人会责怪你的。冒昧问一下，你有多少套房子呢？"

听到狐狸雷迪的吹捧，麝鼠杰里感觉轻飘飘的，就要上天了。他回答道："一套，也就是现在水面上这个，不过它很大很舒服。如果你喜欢我的房子的外表的话，那么，我敢打赌，你也肯定会更喜欢它的内饰。"

狐狸雷迪马上说："那还用说，麝鼠杰里，我真想去里面看看。如果我生活在水里的话，我肯定要请你给我盖栋房子。其实，我很想在陆地上建一栋这样的房子，要是我自己会盖的话，我肯定会盖一栋这样的房子。另外，你觉得，如果有人指点我的话，我能盖成这样的房子吗？"

听到有人这样吹捧他的技术和他的房子，麝鼠杰里的双眼不禁露出了光芒，有那么一阵子，他完全忘了狐狸雷迪是他这辈子都要小心防备的敌人。因此，麝鼠杰里朝岸边靠近了些。

麝鼠杰里问："你真的喜欢我的房子吗，你真的要在陆地上盖房子吗？"

狐狸雷迪说："当然啦，这样的房子我视若珍宝。"

麝鼠杰里吞吞吐吐地说："那么，我……我很乐意告诉你怎么盖房子。"

狐狸雷迪摇了摇头，一直保持着微笑。他说："我怕我自己做不到，我也知道我做不到，我一直笨头笨脑的，除非有人手把手地教我。噢，麝鼠杰里，如果你愿意去帮我盖房子的话，我一定会是这个世界上最幸福的狐狸！"

　　狐狸雷迪说的好像是他的真心话似的，其实呀，他油嘴滑舌，完全言不由衷。

第七章
一语惊醒梦中人

如果一切都好，
谨防危险临近。

狐狸雷迪对麝鼠杰里的建房能力大加称赞。麝鼠杰里这辈子从来没有听到过这样的阿谀奉承，因此，听了狐狸雷迪的花言巧语后，全然忘记了自己是在和谁说话，忘记了狐狸雷迪是他的敌人。很难相信这样一个相貌堂堂、说着甜言蜜语的家伙会干害人的事情。尤其是麝鼠杰里同意帮他盖房子后，他说自己是世界上最幸福的狐狸时，他的语气是那么诚恳。

事实上，狐狸雷迪请求帮忙时，麝鼠杰里已经游到岸边了。但是我们知道，水满则溢，月盈则亏，狐狸雷迪说的太好听了，反倒让人觉得有点儿不可信。要是他没有说他是"这个世界上最幸福的狐狸"这句话该有多好哇!"狐狸"这个词太刺耳了,简直是一语惊醒梦中人!当然啦,麝鼠杰里也没有真的睡着,他只是沉浸在狐狸雷迪对他的吹捧中,而忘记了他的交谈对象是很危险的狐狸。

就在这时,"狐狸"这个词突然钻进了他的脑袋,他模模糊糊地意识到大难就要临头了。眼见着就要上岸、送入狐狸之口的他,突然来了一个三百六十度的大转弯,游回到微笑池塘里绝对安全的地方。然后,杰里抬起头来,想看看狐狸雷迪有什么样的反应。他以为他会看到狐狸雷迪脸上失望的表情,但那个表情来得快去得也快,因此他没有看清。

很明显,狐狸雷迪只能继续在脑袋里想象麝鼠杰里的漂亮房子盖在陆地上的样子。他继续滔滔不绝,好像麝鼠杰里什么也没有做似的。

"麝鼠杰里,哪怕你只告诉我怎么盖房子,我相信我都会盖好的。无论如何,我愿意尝试,我不怕辛苦。"狐狸雷迪的眼睛似睁非睁,好像在憧憬自己置身于新房子里的场景。"到时候,格林牧场或者格林森林里的人肯定会羡慕我的,而且我也相信,看到这样的好房子后,我的夫人一定会高兴。唔,我得先带她来瞧瞧你的房子。"

麝鼠杰里又一次沉醉在狐狸雷迪的甜言蜜语中,听着听着,他再次不自觉地朝着岸边游去。等他的双脚挨到岸边附近的河床时,猛地意识到了自己的处境,于是,转了半圈后,他又游回较深的水里,懒洋洋地浮在那里。

麝鼠杰里说:"我很高兴你能带你的太太来参观我的房子,但我恐怕不能帮你盖房子了。不过,如前面说的,我可以告诉你方法。"

狐狸雷迪轻轻地跳了起来,说:"太好啦,但我现在还有事情,如果你明天晚上这个时间有空的话,我再来吧,到时候咱们再一起商议一下,我真的喜欢那栋房子。"

说完,他热切地朝麝鼠杰里的新房子瞟了一眼,跟麝鼠杰里说了句晚安便离开了。

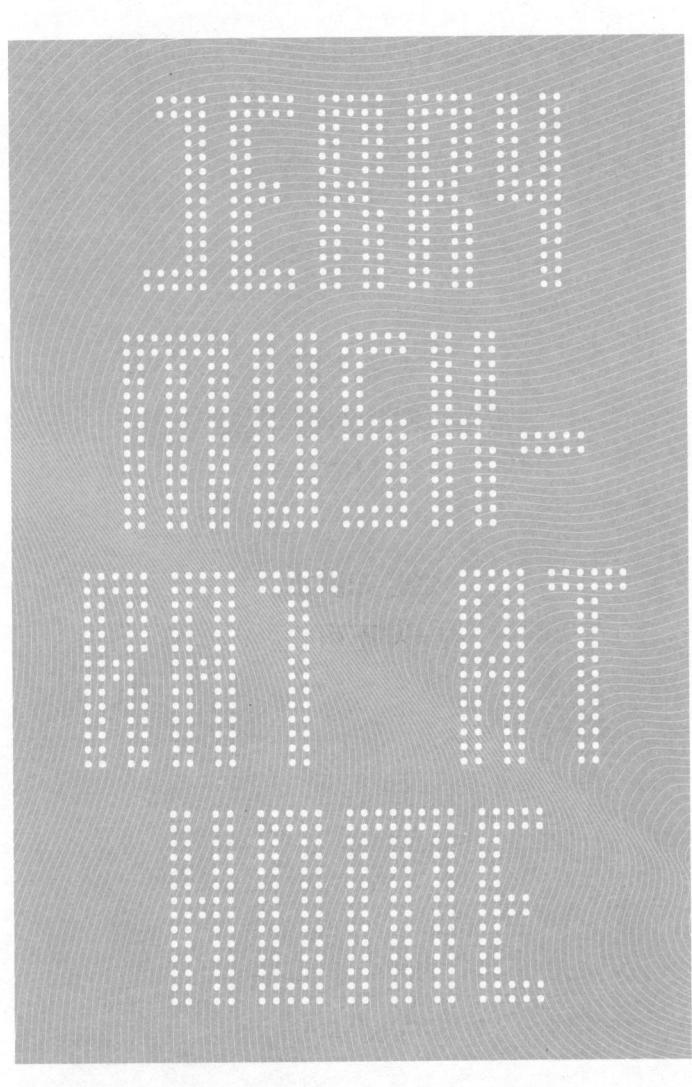

第八章
麝鼠杰里为狐狸雷迪设计房子

疑心如洪水,
一发不可收。

在月光下,狐狸雷迪一路小跑着回家时,没有再回头看微笑池塘和麝鼠杰里。总体上说,他很满意今天这样的结果。途中,狐狸雷迪咯咯地笑道:"麝鼠杰里都快不知道我是谁了,要是他刚才出了池塘的话,这会儿已经是我的腹中之物了。"然后,他又嘀咕道:"不过,他怎么突然清醒了呢?好吧,我不在乎,反正我也没有指望一次就能吃到麝鼠肉。我得和他多周旋几次,说不定到时他就真的忘掉我是谁啦。"

第二天晚上,狐狸雷迪如期到达微笑池塘的岸边。麝鼠杰里则提前躲在大石头后面观察,虽然他努力装作不在乎狐狸雷迪来不来的样子,但他的脑子里想的全是雷迪。而且，如果狐狸雷迪真的没来的话，他可能会非常失望。因此，看到狐狸雷迪到来之后，麝鼠杰里便从池塘游了出来，给人一种他正要去哈哈溪的感觉。

看到麝鼠杰里后，狐狸雷迪便温柔地说道："嗨，麝鼠杰里，你想好怎么给我盖新房子了吗？"

麝鼠杰里停了下来，转身看着狐狸雷迪。今晚狐狸雷迪看起来跟昨晚一样帅。麝鼠杰里不想让狐狸雷迪猜出他的真实想法。实际上，那天晚上，自从狐狸雷迪离开后，麝鼠杰里就一直在筹划怎么建房子，因为他酷爱设计房子和盖房子。

麝鼠杰里说："我想好怎么设计你的房子了。但我得先告诉你，因为我的房子只能从水下的通道进入，所以它非常安全。"

狐狸雷迪点了点头，说："我知道。我的房子在陆地上，看来我得在侧面安个门啦。"

狐狸雷迪说话时，麝鼠杰里已经快要游到岸边了。听到这些话，麝鼠杰里大喊道："不，不要，如果你的房子侧面真的开了一个门的话，冷风就会很容易进入。这样一来，你的房子就不舒适了，而且你也没有隐私了，因为路过的人都会把头探过去看个究竟。我觉得你可以在门口挖个我那样的通道，只是你的通道得挖在地下。"

麝鼠杰里越说越来劲儿，同时离岸边也越来越近了。他没有意识到，危险近在咫尺了。他继续说道："你在地下是不是有栋房子？"

狐狸雷迪点了点头，回答道："当然有啦，而且蛮不错。"

麝鼠杰里高兴地大喊道："那么，你只需从那里挖条通道，连通我们将要盖的新房子就可以了。"

狐狸雷迪一脸崇拜的样子，说："哇，麝鼠杰里，你真是个建筑奇才！我怎么从来就没有想到这点呢？

哦，我根本就想不到。我注意到，你刚才说的是'我们'，我很高兴你决定帮我了，我简直不知道该如何表达感激之情。"

听到狐狸雷迪的话，麝鼠杰里立刻开始后退，就像听到警钟似的。后退的同时，杰里说："我没有说要帮你盖房子啊？我是说我可以告诉你我的计划，告诉你怎么做。"

"当然，当然，是我太愚蠢了，连这个也听不明白。那么我先做什么呢？"

听到这话，虽然麝鼠杰里没有回答，但他还是又往岸边游了游。

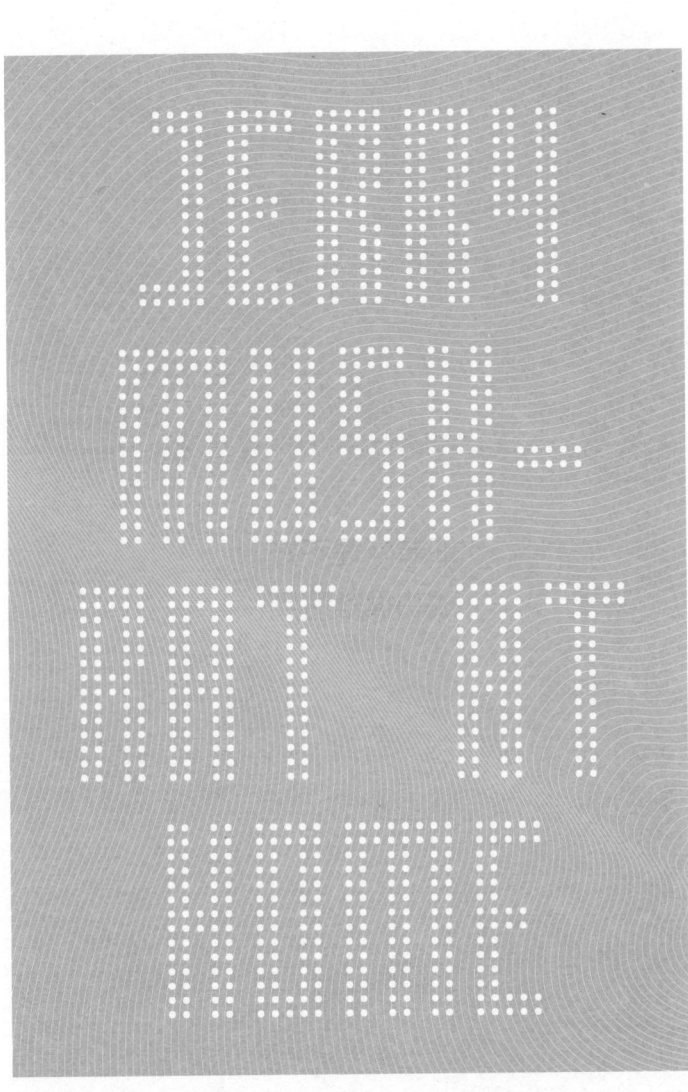

第九章
好点子可能没有好结果

细节处理不好,
成功很难达到。

为什么有那么多好的计划都没有落到实处呢？因为计划制订者没有处理好细节。他们的点子可能是最好的，但只有把每个细节都想周全、做到完美，整件事才能做好。否则，好点子可能没有好结果，因为一个微小的失误可能让整个计划功亏一篑。

在设计狐狸雷迪的新房子时，麝鼠杰里确实想到了一切，他甚至想到了狐狸雷迪进出房子用的通道。他觉得狐狸雷迪应该挖一个像他家那样的通道。但他们的通道还是有区别的：狐狸雷迪的通道是干燥的，而他的通道里全是水。

现在，尽管狐狸雷迪假装对盖房子很感兴趣，但实际上，他一丁点儿也不想盖房子。再说了，即使他盖出了那样的房子也没用。狐狸雷迪的兴趣不在房子，而是在给他设计房子的麝鼠杰里。不过，他得假装对盖房子感兴趣，这样才能让麝鼠杰里忘记危险，从而诱杰里上岸。

当狐狸雷迪问麝鼠杰里如何设计他的新房子时，麝鼠杰里思考了一会儿。其间，他又朝岸边游了游。他说："我想，多找些树枝对你应该是小菜一碟吧。"

狐狸雷迪咧开大嘴笑着回答道："当然啦，树枝根本不是问题，格林森林里到处都是。"

麝鼠杰里若有所思地说："我们还得从这里找些灯芯草。"

当听到麝鼠杰里说"我们"后，狐狸雷迪的嘴巴咧得更大了。他说："我们当然得找啦，到时候我估计还得请你帮我切断灯芯草呢。"狐狸雷迪特别兴奋，因为他发现，麝鼠杰里一门心思想着盖房子的事情，似乎已经忘记了其他的一切。

　　麝鼠杰里回答道："没问题，能帮到你我很高兴。有了足够多的树枝和灯芯草后，剩下的就是泥浆了，我们得把它们和在一起。"

　　突然，狐狸雷迪的脸上露出了滑稽的表情。他问道："你刚才提到泥浆了吗？"

　　麝鼠杰里这才想起狐狸雷迪的房子是要建在陆地上的，要是那样的话，找泥浆可不容易。没有泥浆就没有办法盖房子。泥浆必须得有，而且还不能太少。除非狐狸雷迪把房子盖在微笑池塘附近，但如果狐狸雷迪真的这样做的话，麝鼠杰里一百个不愿意。

　　最后，麝鼠杰里抬头看着狐狸雷迪，难过地说："我们所有的计划都泡汤了，你不能盖我那样的房子，因为我刚刚想起，陆地上没有泥浆，哦，真是太对不起了，我们不要再提这件事啦。"

　　说完，麝鼠杰里就潜入水底，消失不见了。

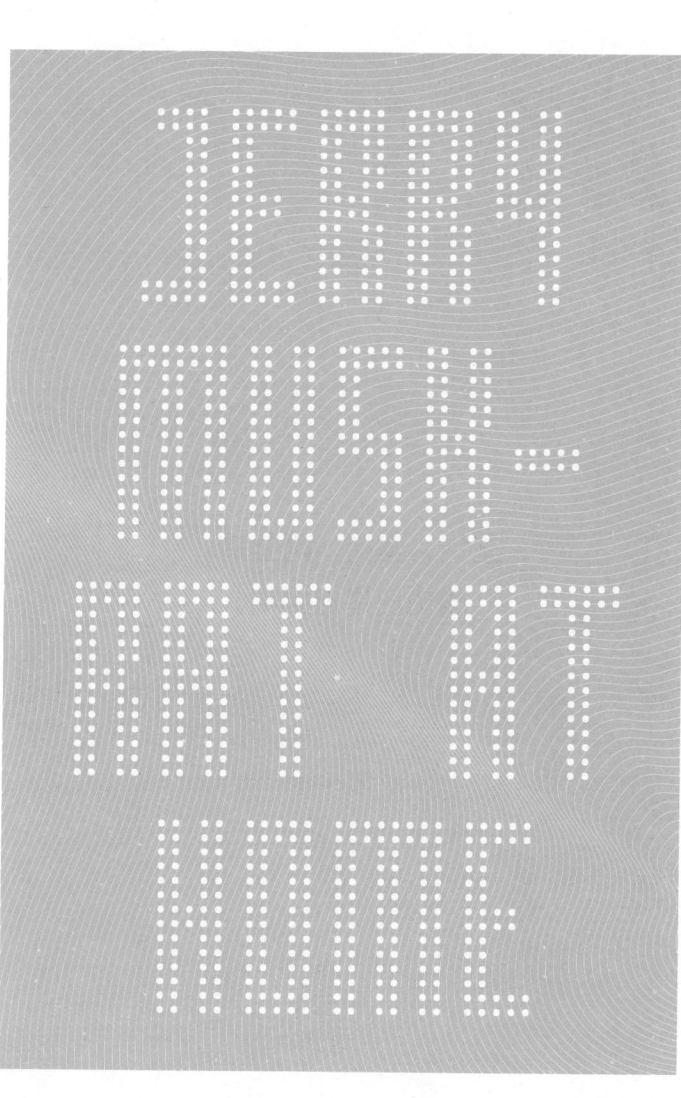

第十章
沙子和土的区别

坚持,坚持,再坚持,
　成功已是近距离。

狐狸雷迪失望地坐在微笑池塘的岸边，等着麝鼠杰里再次出现。但时间过去很久了，麝鼠杰里还是不见踪影。狐狸雷迪想麝鼠杰里可能不打算再出来了。因此，他站起身，伸了伸懒腰，打了个哈欠，低下头，看了看微笑池塘的水面，但他在水中看到的不是原来那张神采飞扬的脸，而是一张无精打采的脸。

狐狸雷迪自言自语道："现在他想到怎么解决泥浆问题了吗？说泥浆前，一切都好好的。他对盖房子那么感兴趣。我原以为，如果再等几分钟，他就会上岸教我怎么盖房子了。但当想起盖房子需要泥浆后，他变了，说完刚才那些话就走了，这是怎么回事呢？

我估计他不能盖房子和我得不到他的感受一样吧,唉,一切都结束了,结束了!"

接下来的一个晚上,狐狸雷迪一直待在微笑池塘的岸边等麝鼠杰里再次出现。这个过程中,这只狐狸还是那么帅,当然了,也一如既往地狡猾。不过,麝鼠杰里却不知道狐狸雷迪一直在等他,因为当他想起盖房子需要泥浆,而狐狸雷迪在陆地上找不到泥浆时,便放弃了计划。当时,他认为狐狸雷迪也放弃了。因此,那天晚上,他没有想到狐狸雷迪会等一夜。

第二天,狐狸雷迪一看到正在游泳的麝鼠杰里,就大叫起来:"嗨,杰里老兄!我有个好消息要告诉你,我知道怎么弄到泥浆啦,所以我们根本没必要放弃建房子的计划。"

听到狐狸雷迪的话,麝鼠杰里立刻来了兴趣,朝着狐狸雷迪所在的岸边游去,还没靠近就急切地问道:"怎么弄到泥浆?我想得头都疼了,但只想到从这里运泥浆过去，但太浪费时间了。"

狐狸雷迪咧嘴笑道："首先，泥浆是什么呢？"

麝鼠杰里结结巴巴地说："泥浆……难道不是……水和土的混合物吗？"

狐狸雷迪回答道："完全正确，正是如此。你还不明白我们要怎么弄到需要的泥浆吗？"

麝鼠杰里一会儿挠挠这只耳朵，一会儿挠挠那只耳朵，又挠了挠头，最后吞吞吐吐地说："不明白，我还是不明白。"

狐狸雷迪得意地说："我们只要等到下场雨就可以啦！我在要建房子的地方堆了一大堆沙土。一下雨，它们就变成泥浆了。我是不是很聪明？所以，现在我们不要放弃盖房子的计划，好不好？到时候你只需要按照计划帮我就行啦，我们一起盖一栋最好的房子，好不好？"

有那么几分钟，麝鼠杰里还是非常高兴的，但当他想起狐狸雷迪堆在那里的是沙子而不是土时,又失望了。因为他知道,沙子和水是和不出泥浆的。因此,麝鼠杰里说:"狐狸雷迪,你得再想想。"接着,他便向狐狸雷迪说明了其中的缘由。

听到沙子和土的区别后,狐狸雷迪再次失望了。

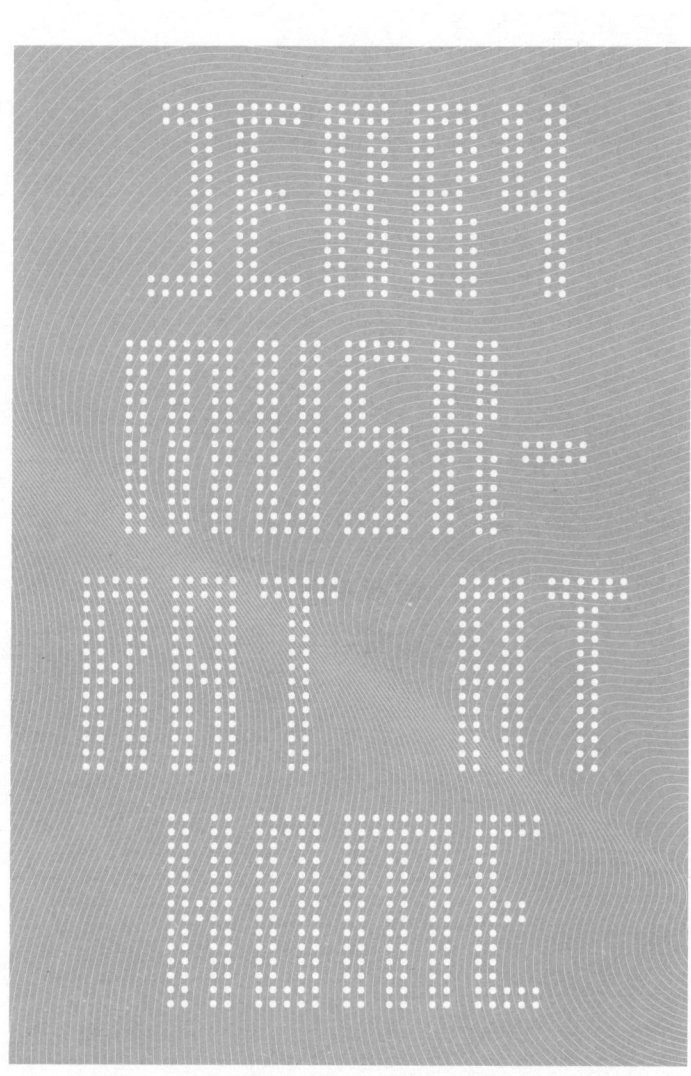

第十一章
麝鼠杰里要储存过冬的食物了

智者千虑,
或有一失。

回到老牧场之后，狐狸雷迪认真地思考起来。他觉得，因为他们没有办法弄到泥浆，所以麝鼠杰里已经基本放弃帮他盖房子的想法了。现在，狐狸雷迪觉得盖栋房子很好玩，他突然真的很想盖栋房子。可是，因为弄不到泥浆，他们就没有办法开工，这真是令人遗憾呀。

　　麝鼠杰里回到家后，想："我已经休息很长时间了，现在，我该考虑考虑怎么准备过冬的食物了。我觉得，那天晚上，计划为狐狸雷迪盖房子就好像白日做梦。在这件事上我已经浪费了太多时间。如果狐狸雷迪有一套我这样的房子，他就不需要我的帮助了。

不过，狐狸雷迪居然会对盖房子产生兴趣，这真是奇怪呀。看来，我以前太不了解他啦。通过这几天的接触，我觉得他还是挺不错的嘛。这些天他从来没抓我，而且我相信，他根本就没有这样的念头。"

如果狐狸雷迪知道麝鼠杰里这么想的话，恐怕会哈哈大笑吧。因为他所做的一切就是为了抓住麝鼠杰里，盖房子只不过是他找的一个借口而已。

第二天晚上，狐狸雷迪又如往常一般去了微笑池塘，因为他不想放弃。虽然对于盖房子，他仍然没有什么主意，但他还是希望劝说麝鼠杰里开始动工。他相信，等真正需要泥浆的时候，他们准有法子弄到泥浆，所谓车到山前必有路嘛。到了微笑池塘的岸边后，他并没有看见麝鼠杰里。狐狸雷迪等啊等啊，麝鼠杰里终于露面了。但杰里只是点了点头，和狐狸雷迪打了一个招呼，然后又潜入水中了。

望着麝鼠杰里离开时在水面上留下的漩涡，狐狸雷迪惊叫道："这样的情况我可从来没有碰到过！麝鼠杰里好像有心事。我得查一查他在做什么。"

因此，狐狸雷迪一边在岸边等，一边尽量平复烦躁的情绪。等麝鼠杰里爬到大石头上休息的时候，狐狸雷迪表现出埋怨的样子。他叫道："麝鼠杰里，你是不是不管我了，我都在这里等你好久啦，你或许可以想别的办法帮我盖房子呢。"

麝鼠杰里回答道："对不住，没有别的办法了。即使我有时间也不能帮你啦，我自己的事情多得都忙不过来了，如果你真想盖房子的话，你要么去找别人帮忙，要么你自己一个人盖。"

狐狸雷迪问："你在忙什么呢？"

麝鼠杰里简单地回答道："我在储存过冬的食物，就这些，也没有什么别的事情。"说完，他跳下大石头，潜入了水里。

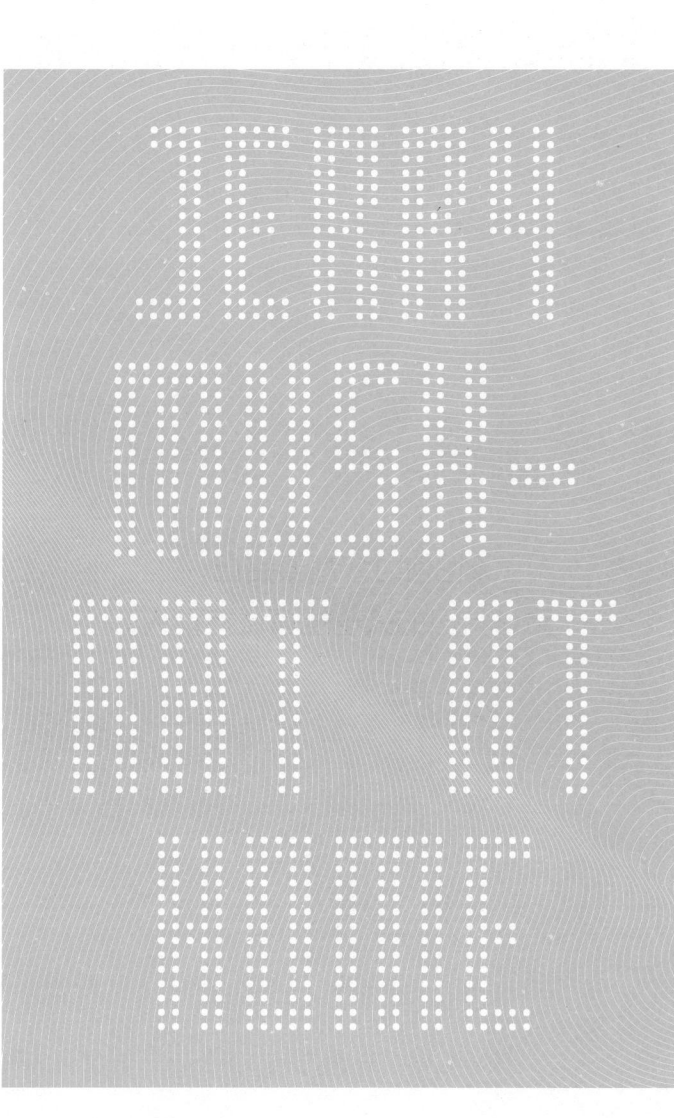

第十二章
麝鼠杰里爱吃河蚌和蛤蜊

无论何时,都要铭记,
真诚待己的人也能真诚待别人。

你有没有找过水貂比利，请他帮个忙？如果你真的那样做过，你就应该知道，求他帮忙有多难。水貂比利是最难求的人，当然，这也得看是谁求他，如果是你和我的话，一定会觉得请他帮忙好难。但狐狸雷迪不这样认为。事实上，他和水貂比利打过多次交道。虽然水貂比利的保密意识比较强，狐狸雷迪至今不知道比利住在哪里，但他却知道比利经常去的几个地方。其中有个地方狐狸雷迪也喜欢去。在没有认识水貂比利前，他就去过好多次。

终于，在水貂比利常去的那个地方，狐狸雷迪看见了他。当时，水貂比利正在安静地享用一条肥大的鳟鱼。于是，狐狸雷迪摆出了最讨人欢喜的一面，走上去和水貂比利打招呼。他明白，如果水貂比利不愿意待在那里的话，只需要一眨眼的工夫，他就会离开那里。当然了，狐狸雷迪也没有打算攻击他。

还没有走到水貂比利跟前，狐狸雷迪便喊道："嗨，比利老兄，好久不见，我好想你啊！"说完，便在附近停了下来，没有靠水貂比利太近，因为他知道，一旦水貂比利觉得自己的食物有危险，就会逃之夭夭。

水貂比利摆出一副爱理不理的样子咕哝道："噢，看吧看吧，我就在这里，一次看个够吧。"随后，他又补充道："不要靠得太近噢。"

狐狸雷迪咧开嘴笑了笑，说："不会的，尽管那条鱼很诱人，但它是你的，我不会打它的主意的，你就放心吧。"

水貂比利早已停止了吃鱼，用怀疑的眼神盯着狐狸雷迪。看出他的疑虑后，狐狸雷迪咯咯地笑了起来，说:"我想向你打听个事儿,一件小事,我知道你肯定会乐意、肯定会非常乐意告诉我的,对不对?"

水貂比利反驳道:"那也得看你想要打听什么啦。在这个世界上,有些事情我是不会告诉你的。譬如,如果你想打听我的私事,我就不会告诉你。给你明说吧,我觉得你打听我的私事就是浪费时间。"

狐狸雷迪笑得更厉害了,说:"看你说的,好像我不通情理似的。水貂比利,我不打听你的私事,我早就知道,只有傻子才打听别人的私事。我一直觉得你是一个聪明人,而且我也一向敬重你的为人,我绝不会打听你的私事。"

水貂比利掩饰着自己的喜悦。毕竟听到别人夸自己聪明,没有人会不乐意吧。因此,他对狐狸雷迪的态度便缓和了许多,说:"好吧,你要打听什么呢?"

狐狸雷迪说:"我想知道麝鼠杰里喜欢吃什么东西。虽然我知道他吃树根,但我还想知道,除此之外,他还喜欢什么,或者说他最喜欢吃什么,以及他最爱储存什么样的食物过冬?你知道这些问题的答案吗?"

水貂比利立即回答道:"我当然知道啦。我整天见他,如果连这些都不知道的话,岂不是太可笑了。他喜欢吃新鲜的河蚌和蛤蜊。"

回答完狐狸雷迪的问题后,水貂比利再次用怀疑的眼神看了看他,疑惑地问:"你打听这些干什么?"

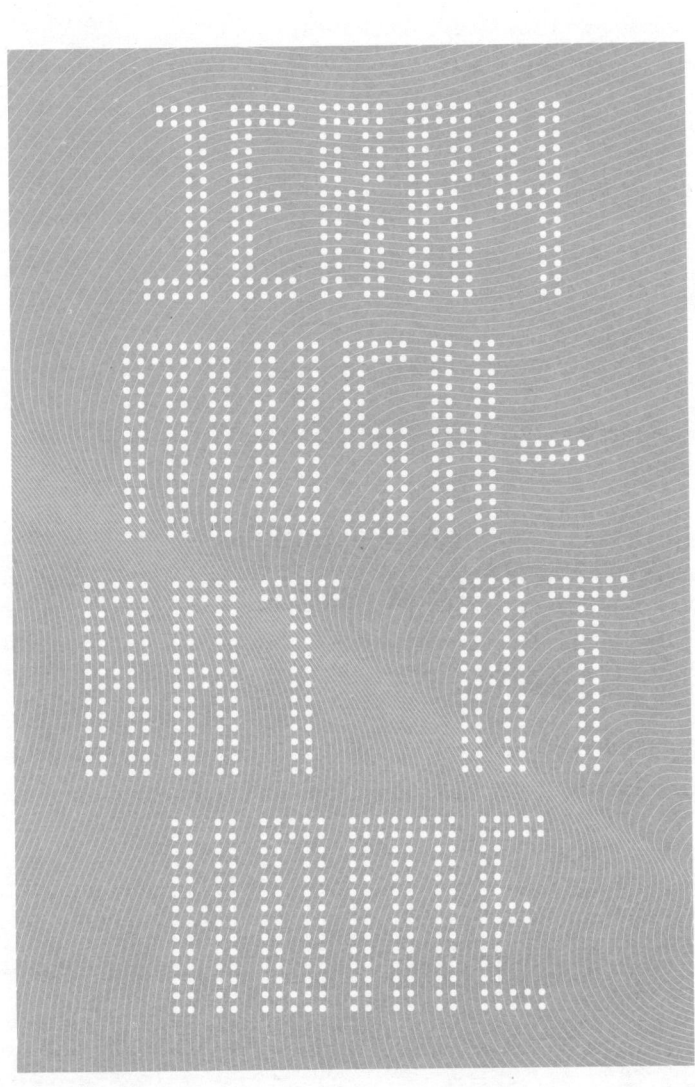

第十三章
麝鼠杰里的主食

要想学到知识,
先得做个有心人。

当水貂比利问狐狸雷迪为什么要打听麝鼠杰里喜欢吃什么东西时，狐狸雷迪一边假装没有听见，一边絮叨个不停。有时，这种方式的确可以避免一些不想回答的问题。

突然，狐狸雷迪说："你刚才说麝鼠杰里喜欢吃河蚌。哈，我想起来了，我曾经见过他坐在大石头上吃那些河蚌，他先要撕开河蚌的壳。我竟然把这件事忘了。而且在麝鼠杰里吃东西的大那块石头附近，以及大石头附近的水面上，我还多次见过好多漂亮的空贝壳。水貂比利，你吃那些东西吗？"

水貂比利哈哈大笑道："如果有鳟鱼的话，我就不吃河蚌。你知道的，打开蚌壳特别费事，恐怕只有麝鼠杰里才不嫌麻烦吧。"说完，水貂比利便开始享用那条没有吃完的鳟鱼。

狐狸雷迪哈哈大笑道："他真是不嫌麻烦，不过，我想，如果我的主食也是这些的话，我是不会嫌撬开蚌壳麻烦的。"

水貂比利反问道："谁说那是麝鼠杰里的主食啦？谁那样说了？我绝对没有那么说。如果谁那么说的话，只能说明他不了解麝鼠杰里。河蚌和蛤蜊只是麝鼠杰里的小菜，如果他靠那些东西为生的话，我估计，过不了多久他就要饿死啦。"

狐狸雷迪惊叹道："哎呀，我怎么那么傻呀！我怎么那么傻，居然说出这样的话。我想起来了，我曾看见麝鼠杰里从微笑池塘底挖来睡莲的根吃。"

水貂比利说："如果你连这都没有看见的话，只能说明你的眼睛瞎了，麝鼠杰里不光吃睡莲的根，还吃其他水生植物的根茎。可以说，凡是他能弄到的东西，他都不放过。"

"还有吗？"狐狸雷迪疑惑地问。

水貂比利咧嘴笑着说："麝鼠杰里最喜欢的是农夫布朗菜园里的蔬菜，你竟然从来没有见过他去那里吗？麝鼠杰里特别爱吃那里的胡萝卜。为了弄到那里的胡萝卜，他甚至不惜任何代价。"

"为了生存，我们有时都会不惜代价，不是吗？"说完，狐狸雷迪打了个哈欠，好像对这个话题失去了兴趣。"今天天气不错，是不是？我得四处走走去找些晚餐了。看你吃得津津有味，我也饿了。"

狐狸雷迪和水貂比利告了别，朝格林森林走去。

水貂比利停止了吃东西，一直看着狐狸雷迪消失在视线之外。接着，他的脸上浮现出困惑的神色，嘀咕道："那个家伙又想干什么？他怎么对麝鼠杰里的食物感兴趣？我敢肯定，他又有什么坏主意了。我有没有说什么不该说的话？唔，下次碰到麝鼠杰里的时候，我得给他提个醒，告诉他狐狸雷迪打听他喜欢吃什么这件事。"

走出水貂比利的视线后，狐狸雷迪就转弯朝老牧场的方向走去，他的家就在那里。今天，他已经从水貂比利那里打听清楚麝鼠杰里喜欢吃什么了，因此准备回去好好谋划一下。

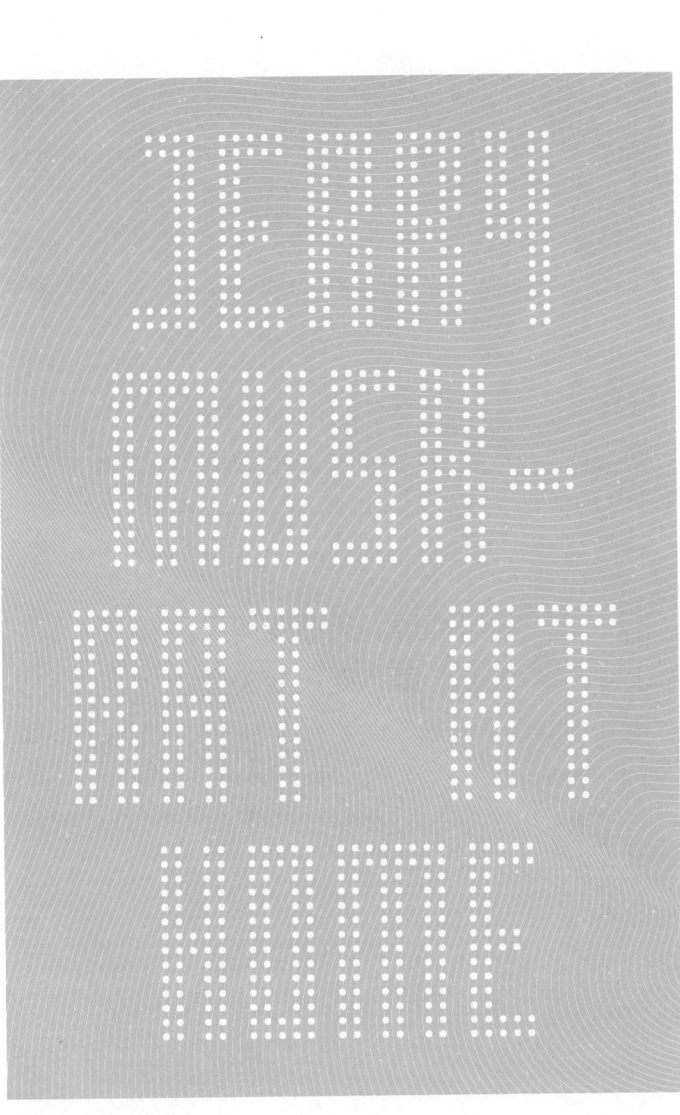

第十四章
胡萝卜引起
麝鼠杰里的兴趣

打开心扉,天涯变咫尺;
关闭心扉,咫尺变天涯。

天刚蒙蒙亮,一些人依然在睡梦中,但麝鼠杰里已经坐在微笑池塘的大石头上了。他知道,快乐的、圆圆的、红彤彤的太阳公公正在紫山后面脱去睡袍,即将在他们生活的这个世界升起。每天,太阳公公都要慢慢地爬上蓝蓝的天空。现在因为夜幕还没有完全褪去,所以天空还不怎么蓝。就在这时,一条银色的线条出现在哈哈溪的岸边,并朝着大石头走来。麝鼠杰里看见了那条银线及其末端的棕色脑袋。

麝鼠杰里大声问道:"嗨,水貂比利,鱼捕得怎么样啦?"

水貂比利探出头来说:"早上好,麝鼠杰里。我就知道我一定会在这里碰到你。这个时间点,你准会在这里。我捕了好些鱼啦。昨天,我碰到了狐狸雷迪,他似乎对你很感兴趣。"

麝鼠杰里解释说:"不是对我,他是对我的新房子感兴趣。"

水貂比利惊讶地说:"噢,是吗?我还以为他对你的食物感兴趣呢,当时他可没有跟我提及你的房子。好啦,我要走啦,我得去大河那边看看。"

水貂比利很快穿过了微笑池塘,消失在哈哈溪。麝鼠杰里若有所思地自言自语道:"真有意思,狐狸雷迪从来没有跟我提过食物。他……"

就在这时,狐狸雷迪出现了,问道:"嗨,麝鼠杰里,你的储藏室存了多少东西啦?"

"我还打算继续找些食物呢。"说完,麝鼠杰里便迅速潜入了水中。这次,他消失了好长一段时间。其间,他挖了三根树根,并把它们带回了储藏室。工作累了后,他爬到了大石头上休息。他看到,狐狸雷迪依然在那里,看起来没有离开的意思。

见到麝鼠杰里再次出现,狐狸雷迪说:"嗨,麝鼠杰里,我一直在这等你呢,这次你离开了好长时间。"

麝鼠杰里说:"对不起,我不知道你在这里等我。不过,即使我知道,我也没有办法快点儿来找你。最近,我的事情很多,没有时间和你闲聊啦。冬天马上就要来了,我得为过冬做准备。"如果你听到麝鼠杰里这么说的话,恐怕会认为他连坐下来闲聊一分钟的时间都没有。

但狐狸雷迪却说:"噢,没有关系啦,反正我的空闲时间很多。我这次来就是想告诉你,昨天晚上,我找到了一些上好的胡萝卜。我知道你喜欢吃胡萝卜,所以今天,我就赶快来告诉你这个消息,或许你可以把它们弄来留到冬天吃。"

听到"胡萝卜",麝鼠杰里来了兴趣。

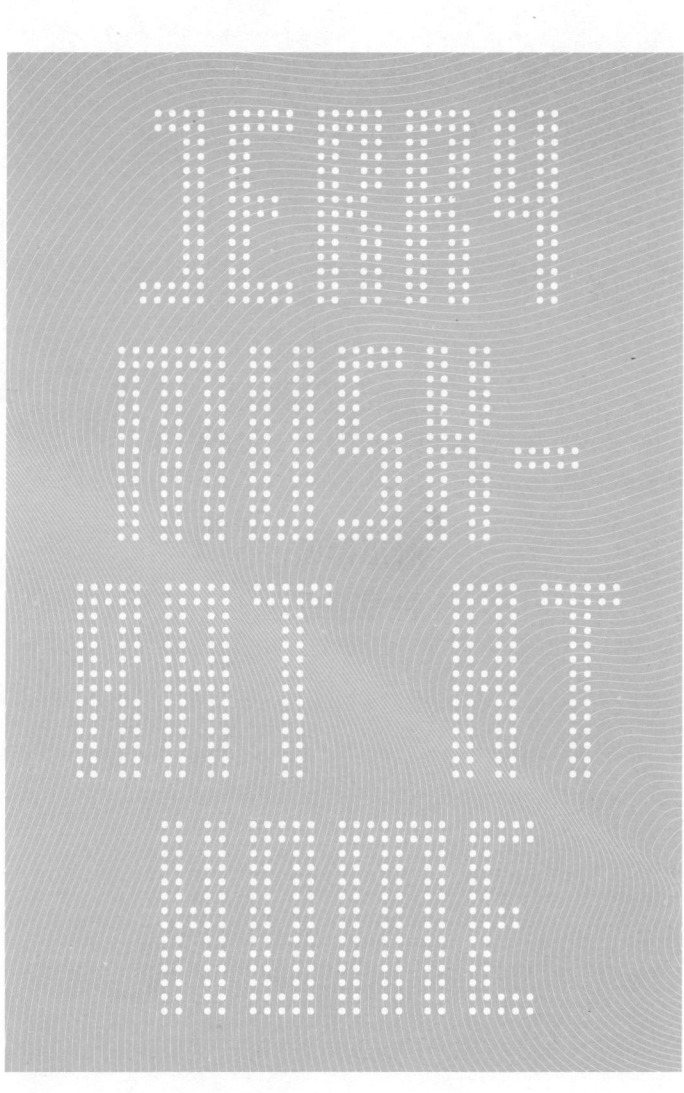

第十五章
邀请麝鼠杰里去挖胡萝卜

种瓜得瓜,
种豆得豆。

猛地听到狐狸雷迪提起胡萝卜,麝鼠杰里的口水直往下流。真的,麝鼠杰里在流口水,因为他非常喜欢吃胡萝卜,就像我们特别喜欢吃某种稀有的水果一样。

其实,在陆地上的时候,麝鼠杰里通常都感觉不自在。他喜欢水,喜欢待在离水近的地方,所以,他很少去陆地。

微笑池塘和哈哈溪附近很难找到胡萝卜。而且,如果真的在那里发现了胡萝卜,那么最明智的做法还是远离。你知道原因吗?因为那很可能是个陷阱。不过,在农夫布朗的儿子破坏微笑池塘和哈哈溪附近所有的陷阱前，麝鼠杰里已经知道怎样从陷阱里取出诱饵而不被卡住了。麝鼠杰里好几次都冒险去了格林牧场，到农夫布朗的菜园找胡萝卜吃，但每次他都失望而归。他可以在那里找到别的食物，但就是找不到胡萝卜。所以，当狐狸雷迪提起他发现了胡萝卜时，麝鼠杰里能不感兴趣吗？

麝鼠杰里好像不相信自己的耳朵，又问道："狐狸雷迪，你是说胡萝卜，真的吗？"

狐狸雷迪说："是的，我刚才提到的胡萝卜，是我见过的最好的胡萝卜。虽然我不吃胡萝卜，但我知道你喜欢吃胡萝卜。啊，一想到你享用胡萝卜的样子，我都饿了。"麝鼠杰里没有看到狡猾的狐狸雷迪说话时滴溜转的眼珠。

狐狸雷迪继续说："因此，我一想起你，就来告诉你这个好消息了。我记得你说过你在储存过冬的食物，所以我想，或许你可以储存些胡萝卜。如果我喜欢吃胡萝卜,我一定会这么做的。"

麝鼠杰里的口水比刚才流得更多了。看见杰里流口水,狐狸雷迪转过身去,偷偷地笑了。

麝鼠杰里焦急地问:"那些胡萝卜离这里远吗?"

狐狸雷迪回答道:"不远,不远,你知道农夫布朗的菜园吗?"

麝鼠杰里点了点头说道:"知道啊,就在他的玉米地附近。"

狐狸雷迪说:"呀,那真是太好了,胡萝卜就在玉米地旁边,而且是在离微笑池塘最近的那边,那里有好多胡萝卜呢。麝鼠杰里,我跟你说实话,我今晚什么事情都没有,因此,我很乐意和你一起去那里挖胡萝卜,再帮你扛些胡萝卜回来。能够帮到你,我感觉特别愉快,因此,什么感谢的话都不要说了,夜幕一降临,我就来这里等你吧。到时候,我们一起去胡萝卜地,好不好?你可不要拒绝呦,帮你扛胡萝卜是我这辈子最乐意做的事情。"

　　麝鼠杰里特别高兴,简直不知道说什么来表达自己的感激之情。因此,他尽量表现出有礼貌的样子,说:"谢谢你,狐狸雷迪,你真是太好了。夜幕一降临,我就在这里等你。"

　　"好的,我不会让你久等的。"说完,狐狸雷迪转过身去,小跑着离开了。

JERRY MUST EAT AT HOME

第十六章
麝鼠杰里独自去找胡萝卜

只有以弱示敌,
方能以智取胜。

太阳公公赶走了黑夜,天大亮了。麝鼠杰里坐在微笑池塘旁边的大石头上,看着狐狸雷迪小跑着穿过格林牧场,去了老牧场。狐狸雷迪微笑着回了一次头,他回头是为了炫耀自己的"成就"。

如果麝鼠杰里看到狐狸雷迪那副嘴脸的话,肯定能察觉到他的狡猾和急切心情,从而意识到他的阴谋了。虽然狐狸雷迪的微笑一直很讨人喜欢,但那都是装出来的。

狐狸雷迪走后,麝鼠杰里心想:"狐狸雷迪真是太好了,居然专门跑来告诉我胡萝卜的消息,还邀请我和他一起去挖萝卜。他肯定觉得我一个人弄回那些胡萝卜不容易。他肯定……"

麝鼠杰里突然停止了思考，直直地坐在那儿，脸上浮现出滑稽的表情。他摸了摸胡须，脸上的表情还是那么可笑。他轻声地自言自语道："我想知道，狐狸雷迪是考虑我多些还是考虑他自己多些，他是不是把我的胃当成他的胃啦。狐狸雷迪呀，我最想知道你到底想要干什么，如果不知道这些，我真的不能安心呀。或许我这么做不太合适，可和你一起去胡萝卜地，我冒不起这个险。我觉得，我应该马上就去农夫布朗的菜园。虽然光天化日之下去那里有点儿危险，但黑灯瞎火时和你一起去危险性更大。狐狸先生，我根本不可能和你同路，我又不是非吃胡萝卜不可。"

麝鼠杰里左看看右看看，确定鹰雷德瑞尔不在附近后，便潜入了微笑池塘，并且游进了哈哈溪。哈哈溪旁边有条沟渠，是用来排格林牧场上春天的雨水的。现在这个季节，虽然沟渠里很干燥，但沟渠两边的青草很茂盛，遮住了沟渠。麝鼠杰里跳了进去，利用青草的掩护，小心翼翼地前进。这条沟渠直通农夫布朗的玉米地，玉米地的另一边就长着狐狸雷迪所说的胡萝卜。

沟渠很长，对麝鼠杰里来说，走到尽头很不容易，因为他很少在陆地上行走。走到尽头后，他进入了与之交错的另一条沟渠。接着，他小心地爬到沟渠边。现在，他几乎就在玉米地旁边了，而狐狸雷迪所说的胡萝卜地就在附近。

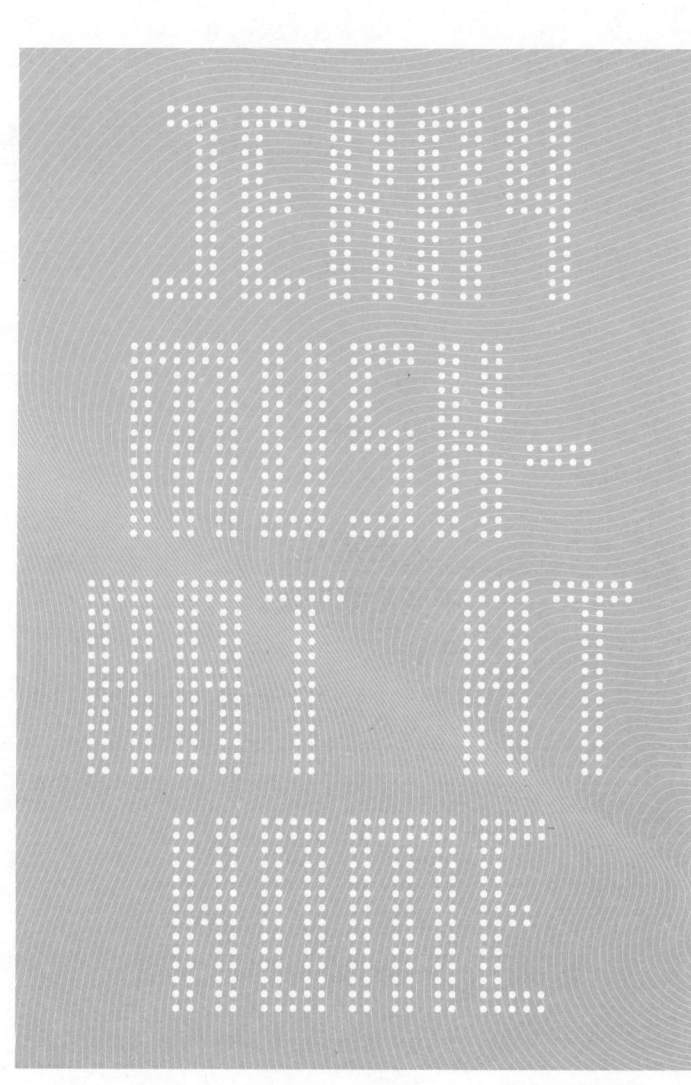

第十七章
乌鸦布雷奇带来的消息

人无完人,
不要贪得无厌。

狐狸雷迪坐在老牧场的家门口,现在,他的心情好极啦。首先,他睡了个好觉。昨天,他在外面游荡了一个晚上,所以这个白天,阳光照耀的时候,正是他睡觉的好时候。现在已经是下午了,他正沐浴着日光。有时他甚至边晒太阳边做梦,做很美好的"白日梦"。一般情况下,他都会梦到自己在吃美食。你做过这样的白日梦吗?如果做过,你肯定知道狐狸雷迪的白日梦有多美好。

做那么美好的白日梦本没有问题,但它却让狐狸雷迪变得不耐烦起来。烦躁不安的原因,一是他饿了,二是他知道,等到夜幕来临之后,他才能吃到他的晚餐。一想到美味的麝鼠肉，他就忍不住流口水。所以，你知道了吧，他之所以这么不耐烦，是因为他在焦急地等着夜幕降临。

其实，除了烦躁不安，狐狸雷迪还是非常高兴的。之前，他曾尝试过用各种方法来引诱麝鼠杰里，但都没有得逞。不过，这次不同于以往，麝鼠杰里已经答应他了。夜幕降临之后，麝鼠杰里便会在微笑池塘等他，然后和他一起去农夫布朗的菜园。那里种着一行行的胡萝卜，是麝鼠杰里喜欢吃的食物。

狐狸雷迪心想："他还没有起疑心，嘿，有些人就是那么笨，这正合我意。如果麝鼠杰里特别聪明的话，他就会猜到我的目的，那样一来，他就不会听从我的安排了。但有些人却是这样，只要能够满足他们的意愿，他们做事就一概不经过大脑思考，看来麝鼠杰里就是这种人。真是太好了。咦，乌鸦布雷奇怎么来了，他有什么消息要说吗？"

的确是乌鸦布雷奇，他是从格林牧场那边飞来的。看到狐狸雷迪坐在门口的台阶上，他就落在了附近的一个枝头上，准备和狐狸雷迪闲聊一会儿以消磨时光。

狐狸雷迪首先问道："乌鸦布雷奇，有什么好消息吗？"

乌鸦布雷奇回答说："我正想问你这个问题呢？"乌鸦布雷奇可是个狡猾的坏蛋，我们甚至很少看见他打盹儿、睡觉。

狐狸雷迪咧开嘴笑了笑，说："我这里没有什么好消息啦，我一直在睡觉，你是我睡醒之后看到的第一个人。"

乌鸦布雷奇说："嗯，我跟你说哈，我看到麝鼠杰里一个人离开微笑池塘了。"

"什么！"狐狸雷迪突然跳了起来，好像有根刺扎了他一下。他大喊道："还有什么消息？"

乌鸦布雷奇说："我还看到他去了农夫布朗的玉

米地。"

狐狸雷迪匆忙起身,并大声回复道:"失陪了,乌鸦布雷奇,我刚刚想起我还要赴个约。虽然我很想在这里和你聊会儿天,但是这个事情太重要了,我必须去,你明白的,对吧?"

乌鸦布雷奇说:"我完全明白,那么,我就不再耽搁你的时间了。"说完,他便挥动着黑色的翅膀飞走了。

不过,乌鸦布雷奇并没有告诉狐狸雷迪他看到麝鼠杰里去玉米地的时间,现在这会儿,麝鼠杰里应该在回家的路上了吧。

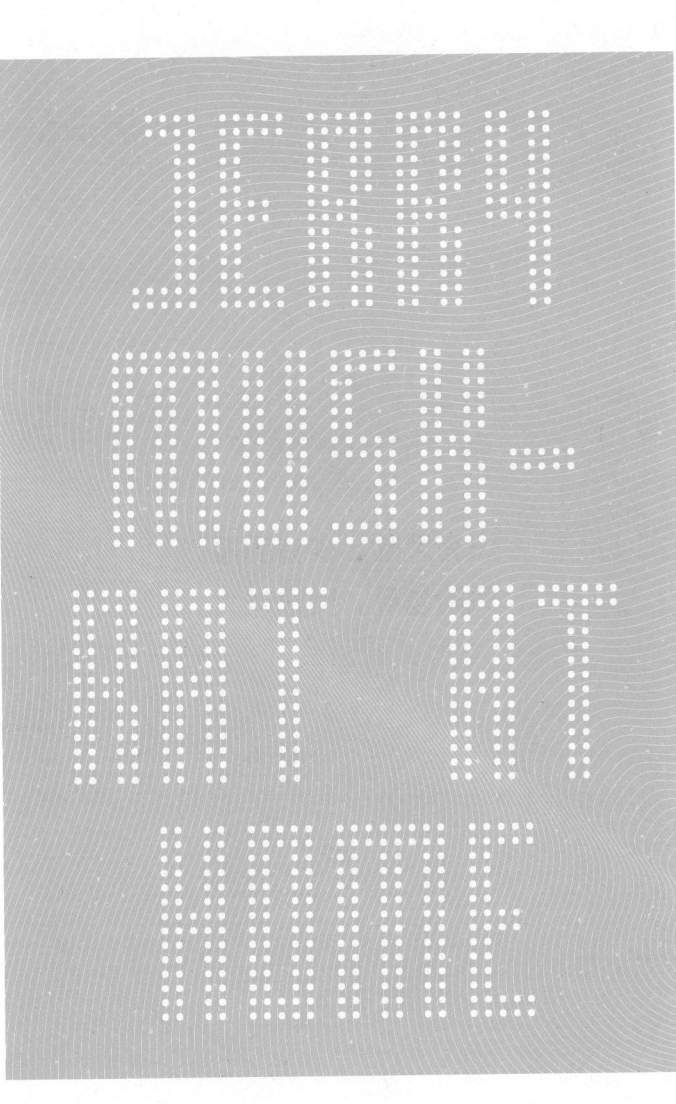

第十八章
麝鼠杰里"道歉"

没有风险,少有回报,
风险越高,回报越大。

看着狐狸雷迪快速地离开老牧场，直奔格林牧场上农夫布朗的玉米地，乌鸦布雷奇的眼睛眨了又眨，咯咯地笑了又笑，之后便嘎嘎叫着飞向了格林森林。乌鸦布雷奇窃笑着说："我估计，这会儿麝鼠杰里已经回到微笑池塘了，看来狐狸雷迪得加快脚步了。"

　　当乌鸦布雷奇这么想的时候，狐狸雷迪以最快的速度跑到了农夫布朗的玉米地。然后，他放慢了脚步，如果这个时候你看见他的话，会以为他在散步。原来呀，他是不想惊动麝鼠杰里。

　　狐狸雷迪沿着一排排的胡萝卜走着，他的眼睛滴溜溜地东看看、西瞧瞧，一个小东西也不放过。他多么希望能在胡萝卜中间看到一个棕色的小动物啊，但是他什么也没有看到。就这样，他都快走到排水的沟渠了，还是什么都没发现。外面这几排胡萝卜行距较大，他擦亮眼睛仔细地看了又看，还是没有看到一个人。于是，他纵身一跃，一下跳过两三排胡萝卜，来到了最外面。

"哈！"狐狸雷迪大叫，他的声音中既有失望又有愤怒。他发现，有人挖过胡萝卜了。狐狸雷迪蹲下去闻了闻，脸上立刻露出了不悦的神色，因为他的鼻子告诉他，挖胡萝卜的正是麝鼠杰里。他的鼻子还告诉他，麝鼠杰里是穿过沟渠到达玉米地的。

狐狸雷迪沿着沟渠边飞奔而去，当他靠近哈哈溪时，看到麝鼠杰里已经安全回到水里了。于是，他立刻停了下来，他那么聪明，当然不能让别人发现自己，所以他又转身返回了老牧场。

那天晚上，夜幕降临后，狐狸雷迪如约来到了微笑池塘的岸边，麝鼠杰里已经坐在大石头上等他了。

狐狸雷迪和颜悦色地说："晚上好，杰里老兄，你准备好和我一起去挖胡萝卜了吗？"

麝鼠杰里不知道说什么好，最后，结结巴巴地说："我……我……对不起，让你失望了，狐狸雷迪。我已经去过那里了，还挖了些胡萝卜回来。现在，我实在太累了，不能再去了。你知道的，自从你告诉我有关胡萝卜的消息后，我实在是没有心思干别的事情了，所以，在你来之前，我就一个人去了那里，希望你不要介意。"

尽管狐狸雷迪怒火中烧，但仍然和颜悦色地说："没事，没事！下次我们再一起去吧。你过冬得准备好多胡萝卜，我可以帮你扛回来。明天早上太阳升起的时候，我估计你的体力就恢复了，你看，到时候我们一起去怎么样？"

麝鼠杰里很干脆地说："好，我在这里等你。"

第十九章
说出去的话不能收回来

不管你做什么,
都要信守承诺。

麝鼠杰里一向认为，说出去的话就不能收回来，要说到做到。既然他答应了狐狸雷迪，承诺说明天早上太阳升起的时候，他会在大石头上等狐狸雷迪，他就得做到。

其实，狐狸雷迪心里七上八下的，他害怕麝鼠杰里这次又反悔。大家都知道，狐狸雷迪的话不可信，这是事实。因此，狐狸雷迪知道别人不相信自己，同时，他也不相信别人。和那些不守信的人打交道时，我们经常会碰到这样的情况。

但对狐狸雷迪来说，除了等待，别无他法。因此，他只能盼着明天早上太阳升起的时候，麝鼠杰里坐在大石头上，而且已经准备好和他一起去农夫布朗的菜园了。狐狸雷迪原本可以用整个晚上来监视麝鼠杰里的,但他不能那么做。首先,如果他这么做的话,麝鼠杰里可能会察觉,从而起疑心;其次,狐狸雷迪饿了,他得找些食物垫垫肚子。整个晚上,狐狸雷迪都没着家。他去了格林牧场上晃悠,希望在那里捉只田鼠充饥;他去了格林森林,希望在那里捉只森林鼠充饥。最后,他来到微笑池塘。这时,他的想法变了。他原本觉得麝鼠杰里不会比他更聪明,因此压根儿就没有想过麝鼠杰里会怀疑他。同时,他也没有想过麝鼠杰里昨天白天的时候,为什么要一个人去挖胡萝卜。他真的以为那是因为麝鼠杰里实在难以忍受等待的煎熬,所以才会不等他而提前行动的。他一直以为麝鼠杰里是个大蠢货,他从来没有察觉到,麝鼠杰里的真实想法是避开他,以免被他抓住。有时候,聪明人就像麝鼠杰里这样做。至于狐狸雷迪,有点儿聪明反被聪明误了。他呀,就是太自负太聪明,因此忘记了别人也不是笨蛋这个事实。

　　太阳升起来之前，狐狸雷迪偷偷地溜到了一个地方，在那里，他可以窥见微笑池塘旁的那块大石头。狐狸雷迪就那么悄无声息地待在那里，眼睛一眨不眨地盯着不远处的大石头。时间慢慢地过去了，但是，对狐狸雷迪来说，却好像过了几个世纪一样。夜幕渐渐消失了，快乐的、圆圆的、红彤彤的太阳公公慢慢地升起了。突然，微笑池塘里，一个黑色的头浮出了水面，并朝着大石头游去，那正是麝鼠杰里。看来麝鼠杰里说话算话，狐狸雷迪咧开嘴笑了笑，他不用再怀疑麝鼠杰里了。

　　狐狸雷迪朝后退了退，以确保麝鼠杰里不会看到自己，然后小跑着朝微笑池塘这边走来，给人一种匆忙赶来赴约的感觉。

　　"早上好啊，麝鼠杰里。"他和蔼可亲地说，"看来你已经准备好和我一起去挖胡萝卜啦。"

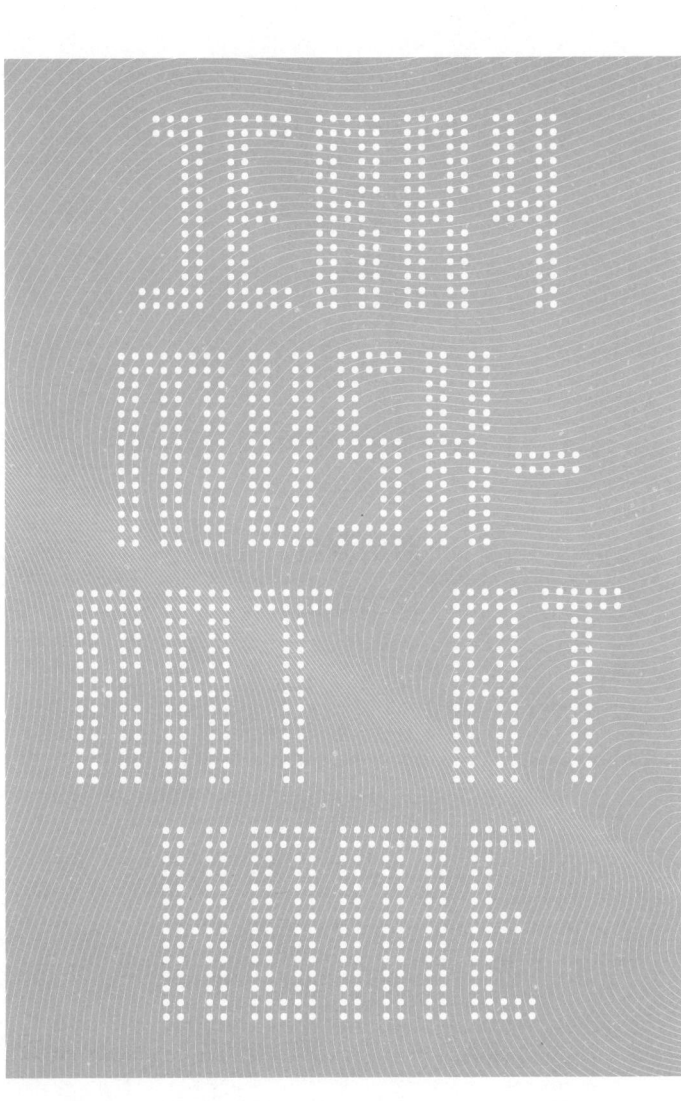

第二十章
麝鼠杰里说话算话

亲自调查,
找出真相。

看到麝鼠杰里坐在微笑池塘旁的大石头上，狐狸雷迪松了一口气，因为他一直担心麝鼠杰里不会如期赴约。现在，看到杰里已经坐在那儿了，狐狸雷迪觉得放心了。因此，在跑过去打招呼的时候，狐狸雷迪是一团和气的。不过，麝鼠杰里并没有立刻回答狐狸雷迪，而且，在回答狐狸雷迪时，他几乎是在喃喃自语，好像嘴里塞着什么东西似的。

等他吞下去嘴里的东西后，他说话的声音立刻变得清楚洪亮。"对不住呀，狐狸雷迪，让你失望啦，我决定今天不去挖胡萝卜啦。你能来邀请我，并且准备帮我扛胡萝卜回来，我实在是感激不尽，但是我不忍心让你这么费心。而且你知道，我白天一般不会远行的。"说这些话时，麝鼠杰里还埋头笑了笑。

狐狸雷迪试图掩饰自己的失望，因此他反驳道："但是，昨天你就出远门了啊！"

麝鼠杰里迅速回答："恰恰是因为昨天出去了，所以我今天才不能远行。"

狐狸雷迪无奈地说："为什么昨天晚上你不告诉我呢？我一直以为麝鼠杰里从不食言，现在我明白了，你也不可信。"

麝鼠杰里说："等等，狐狸雷迪，等等，你再仔细回忆一下，我可没有说过要和你一起去挖胡萝卜的话。我只说过太阳出来时，我在这里等你，现在，我是不是来啦。我最自豪的一点便是我说话算话，因此，你可不要乱说呀。我本来今天还有别的事情要去处理，可是，因为我已经说了要在这里等你，所以我就再次出现在这里。现在，如果你没有别的事情的话，那我就先告辞啦，忙完了我还会再回来的。"说完，麝鼠杰里便潜入了水下。

狐狸雷迪从来没有想过麝鼠杰里会比他更聪明，他以为事情会按照他的计划进行下去。这时，他看到了麝鼠杰里留在大石头上的东西，那是个胡萝卜头。

狐狸雷迪把胡萝卜头看了又看，起了疑心。他自言自语道："我相信，麝鼠杰里昨天晚上一定去过那片萝卜地了，所以他今天才不想去的。是不是他已经怀疑我了，应该是吧。"说到这里，狐狸雷迪气得咬牙切齿，咆哮道："我一定要把他弄到手！我一定要把他弄到手！没有哪只麝鼠敢自夸比狐狸雷迪还聪明。我要给他点儿颜色看看！"说完，便跑着回了家，他要制订一个周密的计划。

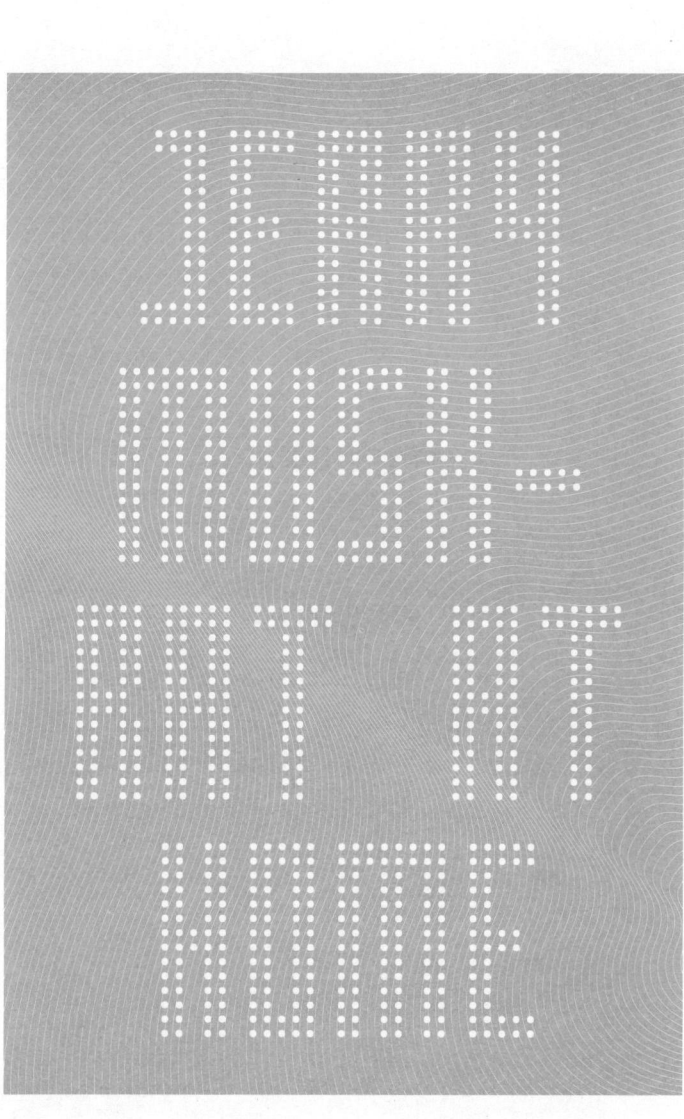

第二十一章
麝鼠杰里冒险
再去胡萝卜地

最聪明的人
有时也犯错。

如果麝鼠杰里看到了狐狸雷迪气得牙痒痒的样子，可能会有点儿恓惶，但是他没有看到，因为他潜入了水底。麝鼠杰里直接回了自己的新家，在房间里咯咯地一阵狂笑，因为他愚弄了狐狸雷迪两次，而且胡萝卜已经安全运回了储藏室，他觉得自己做得太绝妙了。

前天晚上，狐狸雷迪来邀请他去挖胡萝卜时，他直接明说自己太累了，不想去。后来，当狐狸雷迪说第二天早上太阳升起的时候碰面，他也做了肯定的答复。把狐狸雷迪哄走后，他便去休息了。不过，你知道的，生活在格林森林里的小动物们休息的时间很多。

那天晚上后半夜的时候，麝鼠杰里便休息好了。然后，趁着狐狸雷迪还没有起疑心，他再次去了胡萝卜地，并在太阳升起前带回了些胡萝卜。

麝鼠杰里心想："除非狐狸雷迪已经笨到家了，否则他应该起疑心啦。我已经愚弄过他两次了，估计不会再有第三次机会了。现在，我最明智的选择就是满足现状，我已经得到不少胡萝卜啦。但每当想起胡萝卜地里还有那么多胡萝卜，而我这里才这么点儿时，我的心里就有些不平衡。我还是觉得，我应该再挖点儿胡萝卜回来。"

麝鼠杰里试着说服自己放弃这个想法，因为他的储藏室里的胡萝卜已经够多了。可是他做不到，他满脑子都是那块地里的胡萝卜。因此，他小睡了一会儿。就在那么短的时间里，他做了个梦，而且梦到了胡萝卜。他梦见自己坐在萝卜堆里，胡萝卜触手可及。梦醒后，他再也按捺不住诱惑，决定再去一趟胡萝卜地。

他说:"我要马上出发。没错,虽然现在是白天,但之前那次不也是白天吗?他知道我昨天晚上去了那里,因此一定觉得今天我会在家睡大觉。而且他昨天晚上没有回家,我估计他这会儿正在家睡大觉呢。午后他可能会去那里溜达溜达。这样一来,下午和晚上去那里都不安全。尽管跟狐狸雷迪较量的确是个危险的游戏,但是无论如何,我得再试一次。"

所以,麝鼠杰里再次朝那片萝卜地出发了,而此刻,狐狸雷迪正在家睡大觉呢。

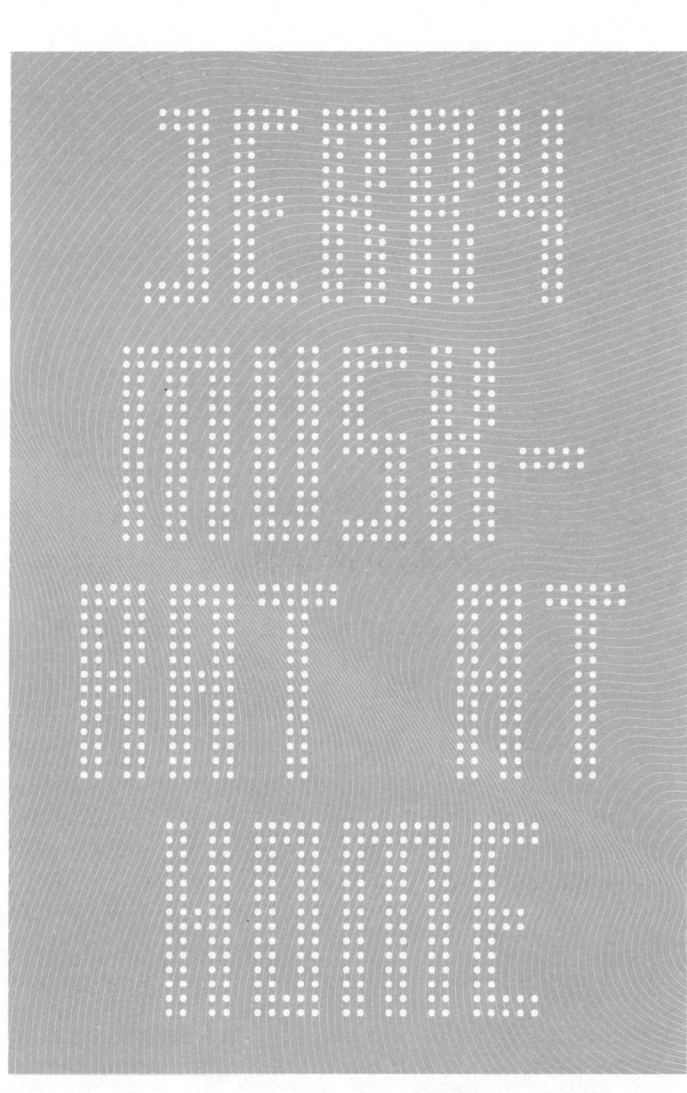

第二十二章
麝鼠杰里的好点子

好点子真有趣，
从无到有想出来。

经过第一次尝试，再做某件事情时，你就会发现容易了。如果那件事很危险，但你第一次尝试时，什么危险都没有发生的话，那么，第二次做时，你就不会觉得危险了。

对麝鼠杰里来说，因为他白天去过了农夫布朗的菜园，所以，这次白天再去，就不怎么紧张了。和上次一样，麝鼠杰里选择从旁边的沟渠里穿过。因为沟渠上边长满了茂盛的杂草，所以当麝鼠杰里在沟渠里前进的时候，他感觉就像是在穿隧道似的。他觉得，在杂草的掩护下，他被发现的可能性非常小。他知道，最大的危险存在于他从沟渠出来、进入露天萝卜地的时候。因此，走到沟渠的尽头后，他小心地探出头来，左看看、右看看，以确保道路畅通，附近没有其他人。

就在他决定跳到萝卜地的时候，一个刺耳的声音让他改变了主意。"呱呱！"听到那个声音后，麝鼠杰里立刻蜷缩在草丛下面，他不想被乌鸦布雷奇看见。虽然乌鸦布雷奇不会伤害他，他也不怕乌鸦布雷奇，但乌鸦布雷奇是个大嘴巴，如果他知道麝鼠杰里是从沟渠进入农夫布朗的菜园的话，那么很快，他就会把这个消息告诉狐狸雷迪和老郊狼。所以，麝鼠杰里认为最安全、最明智的做法就是先躲起来，等乌鸦布雷奇飞走后再出来。

就在麝鼠杰里躲在草丛中时，突然想到了一个绝妙的主意。这个主意实在是太妙了，麝鼠杰里差点儿兴奋地喊出声来。他一遍又一遍地说："为什么我之前没有想到呢？为什么我之前就没有想到呢？这么简单的事情，为什么我之前就没有想到呢？太好了，我怎么就突然想到了这个好主意呢？现在，我要先吃几个胡萝卜。"

　　麝鼠杰里想到了什么主意呢？原来，他打算在沟渠尽头和胡萝卜地之间挖条隧道，并在隧道下面挖个储藏室来存放胡萝卜。很简单，是不是？也很绝妙，是不是？

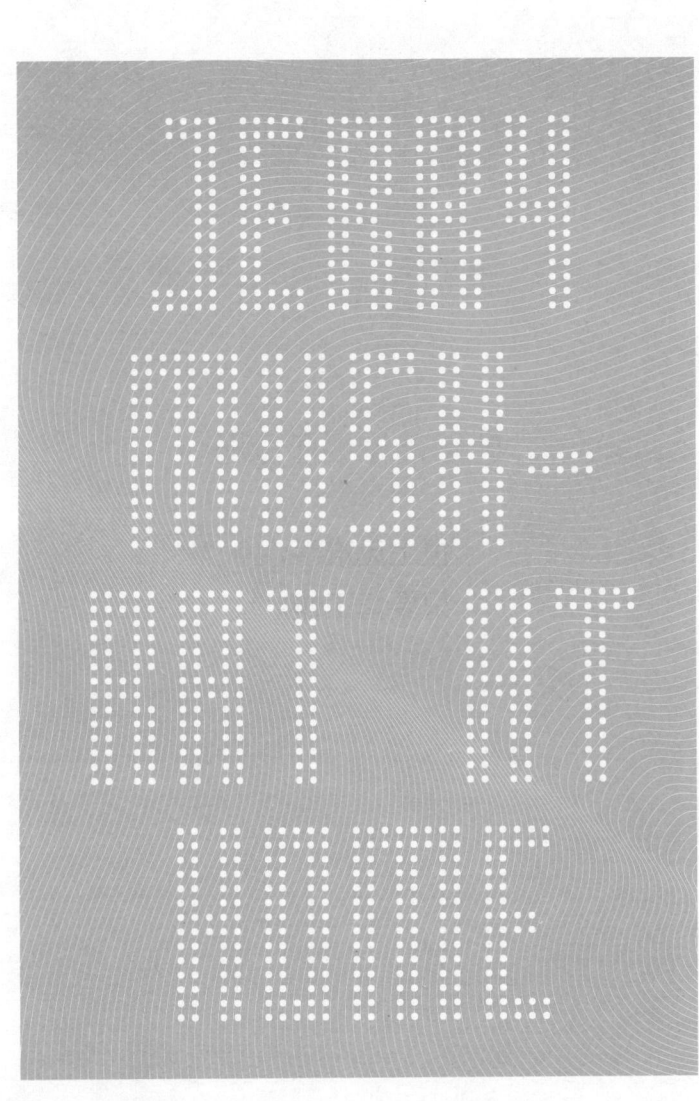

第二十三章
麝鼠杰里说干就干

世上无难事,
只要肯工作。

在这个世界上，最让人高兴的事情就是老老实实地工作，或许你感觉有点儿怪，可这就是事实，将来总有一天，你会明白的。

挖隧道可不简单。尽管麝鼠杰里很擅长挖隧道，但对他来说，这个工作并不容易。虽然麝鼠杰里自己也觉得挖隧道不容易，但是这会儿，在动手挖隧道的时候，他没有想别的，他的脑袋里全是存放胡萝卜的储藏室和吃胡萝卜时的快乐。

于是，他挖啊挖啊，忙得不亦乐乎。因为不愿意被其他人发现，所以他从草丛最浓密的地方开始挖，并把挖出来的土推到沟渠里。很快，他就挖出了一个小洞——一个可以把自己藏进去的小洞。在小洞里面挖的时候,他就觉得很安全了。整整一天,除了中间稍微休息一会儿之外,他就一直在挖呀挖呀。当夜幕从紫山后面爬出来,降临到格林牧场时,麝鼠杰里也从沟渠里爬了出来,跑到萝卜地里挖了几根萝卜,之后,又跑回了沟渠下面的地下隧道。吃完胡萝卜之后,他小睡了一会儿,因为他的工作实在是太辛苦了,他实在是太累了。

就在麝鼠杰里在下面的隧道里小睡的时候,狐狸雷迪正在他头上的地里走来走去。麝鼠杰里不知道狐狸雷迪在上面,狐狸雷迪也不知道麝鼠杰里在下面。其实,狐狸雷迪先去了微笑池塘,因为他没有在那里发现麝鼠杰里,所以便跑来了农夫布朗的菜园。在赶来的路上,狐狸雷迪一直都在仔细地观察四周,看能不能发现麝鼠杰里。到了农夫布朗的萝卜地后,因为害怕惊动了麝鼠杰里,所以狐狸雷迪便蹑手蹑脚地走着。在那里，他只发现麝鼠杰里挖走两个胡萝卜后留下的痕迹，根本没有发现麝鼠杰里的踪迹。于是，他便沿着麝鼠杰里的脚印来到了沟渠边。到达沟渠边后，他停了下来，因为沟渠里面还有些水，他不愿意下去看，他不想把自己的脚打湿。另外，正是这些水的存在，他再也看不到麝鼠杰里的脚印了，因为有水的地方既看不到脚印也闻不到气味。

狐狸雷迪失望极了，呲牙咧嘴地咆哮了起来。在沿着沟渠往回走的时候，狐狸雷迪依然在仔细地搜查着四周，希望可以在路上发现麝鼠杰里留下的蛛丝马迹。

在下面的隧道里休息的麝鼠杰里根本不知道上面发生的一切，一觉醒来之后，他又开始动工挖隧道了。

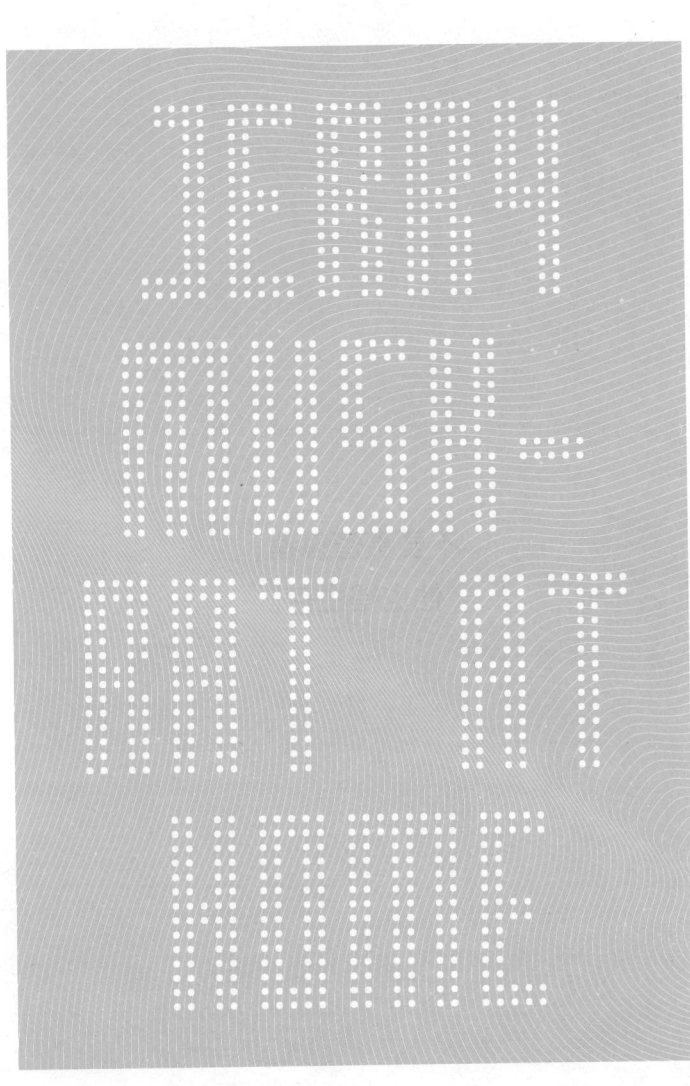

第二十四章
狐狸雷迪惊愕不已

不要责备狐狸,
　他也得生存。

自从盖完新房子，麝鼠杰里就从来没有这么快乐过。他的快乐是凭借自己的聪明才智换来的。从他记事起，他就觉得挖隧道不是一件快乐的工作，但是现在，在挖掘这条从沟渠到胡萝卜地的隧道时，他却快乐无比。

他自言自语道："麝鼠杰里，你真是个聪明的家伙，你真是太聪明啦！这个冬天你再也不愁没有胡萝卜吃啦！尽管这里离微笑池塘很远，但是，躲在这里吃胡萝卜却没有任何危险。啊，你实在是太聪明啦！"

麝鼠杰里就这么一直挖呀挖呀，中间除了停下来吃了点儿东西、睡了会儿觉之外，他没有再浪费任何一点儿时间。麝鼠杰里一直勤俭持家,他知道浪费时间是持家的大忌。麝鼠杰里也一直秉持着做事情有始有终的理念,就这样,隧道越挖越长。最后,直到麝鼠杰里觉得头顶就是胡萝卜地了,才停工。然后,当他爬出隧道时,看到自己正好站在胡萝卜地的中间。最后,他又回到了隧道深处,在那里挖了个合适的储藏室。

与此同时,狐狸雷迪却越想越气,因为是他告诉麝鼠杰里那里种植着胡萝卜的,每次想到这一点,他都气得牙痒痒。每次来到胡萝卜地,他都会发现麝鼠杰里在他来之前挖走了几根胡萝卜。他相信,麝鼠杰里每次都是通过农夫布朗很久以前挖出的那条沟渠来这里的。

起初,狐狸雷迪以为抓住麝鼠杰里是件轻而易举的事情,只要找个沟渠边杂草很少的地方等着就行了。他觉得,麝鼠杰里肯定会从那里经过,到那时,他只需跳起来，直接扑到在杰里身上就行了。所以，他在沟渠边找了个地方坐下来，一直在那儿等呀等、看呀看。他从白天等到晚上，也没看见麝鼠杰里的影子。狐狸雷迪哪里知道，就在自己等待的这段时间里，麝鼠杰里正在下面挖隧道呢，根本没有回家。

　　一个月光皎洁的夜晚，狐狸雷迪再也等不下去了，他小跑着来到了胡萝卜地，借着月光，他看到麝鼠杰里正坐在那里。这个景象着实惊到了狐狸雷迪，他压根儿没有想到会在此时此地看到麝鼠杰里。因为大吃一惊，所以他发出了声音，声音惊动了麝鼠杰里，所以麝鼠杰里转过身也看到了他。

第二十五章
狐狸雷迪失去理智

受到惊吓还能清醒思考,
这种人绝非等闲之辈。

尽管狐狸雷迪很狡猾，经常做坏事，但大家还是能和他相处的。可是，当人们处于异常兴奋的状态时，便会在做事时不认真思考，从而做出蠢事。这时，我们就会说他们失去了理智。

现在，狐狸雷迪就是这个样子。当他看到麝鼠杰里坐在胡萝卜地里时，他惊讶地发出了声音。如果他没有失去理智的话，他就不会那么做了。你还记得吧，他一直假装是麝鼠杰里的朋友，还一直说要帮麝鼠杰里扛胡萝卜。可是这会儿，他露出了奸诈狡猾的本来面目——他想也没想，直接咆哮着朝麝鼠杰里扑了过去。

动作做出去后,狐狸雷迪就知道自己犯了个错误,因为他暴露了自己的真面目,再也不能挽回自己在麝鼠杰里心中的好印象了。狐狸雷迪失去了理智,他学的知识全都没有派上用场,真是让人替他感到悲哀。在紧要关头,人们通常都会有这样的反应。

一发现狐狸雷迪,麝鼠杰里就先藏在了胡萝卜的叶子下面。或许你以为他会直接钻进刚挖的隧道里,但是他没有那么做。不仅如此,因为他不想让狐狸雷迪看到那里有个进隧道的入口,所以他朝着最近的沟渠跑去。

虽然麝鼠杰里跑起来有点儿笨拙和狼狈,但是,在拼命逃跑的时候,麝鼠杰里还是可以跑出很快的速度,并且坚持一段时间的。狐狸雷迪在后面紧追不舍,因为他刚刚失去了理智。雷迪现在做事几乎不再经过大脑,他更愿意相信自己的眼睛,而不是自己的鼻子。因此,他只能通过刚才麝鼠杰里离开时那个胡萝卜叶子的情况来判断麝鼠杰里逃跑的方向。

　　本来，他这样判断是没有错的，但在此时，快乐的小微风帮了麝鼠杰里一把，小微风经过时，所有的胡萝卜叶子都动了起来，这样一来，狐狸雷迪就搞不清楚哪片叶子是麝鼠杰里逃跑时带动的，哪些叶子是快乐的小微风拂动的了。见此情景，他只能停了下来。突然，他觉得麝鼠杰里肯定是朝沟渠那边去了。他说："我敢肯定，麝鼠杰里会尽快往回跑，如果他沿着沟渠跑的话，我一定可以追上他的。"

　　想到这里，狐狸雷迪便沿着沟渠撒开了腿，往哈哈溪跑去。路上，狐狸雷迪一边跑，一边用鼻子搜寻麝鼠杰里的气味。但是，跑到半路，狐狸雷迪便停了下来，因为这一路跑来，他既没有看到麝鼠杰里的踪影，也没有闻到麝鼠杰里的气味，这让他很纳闷。

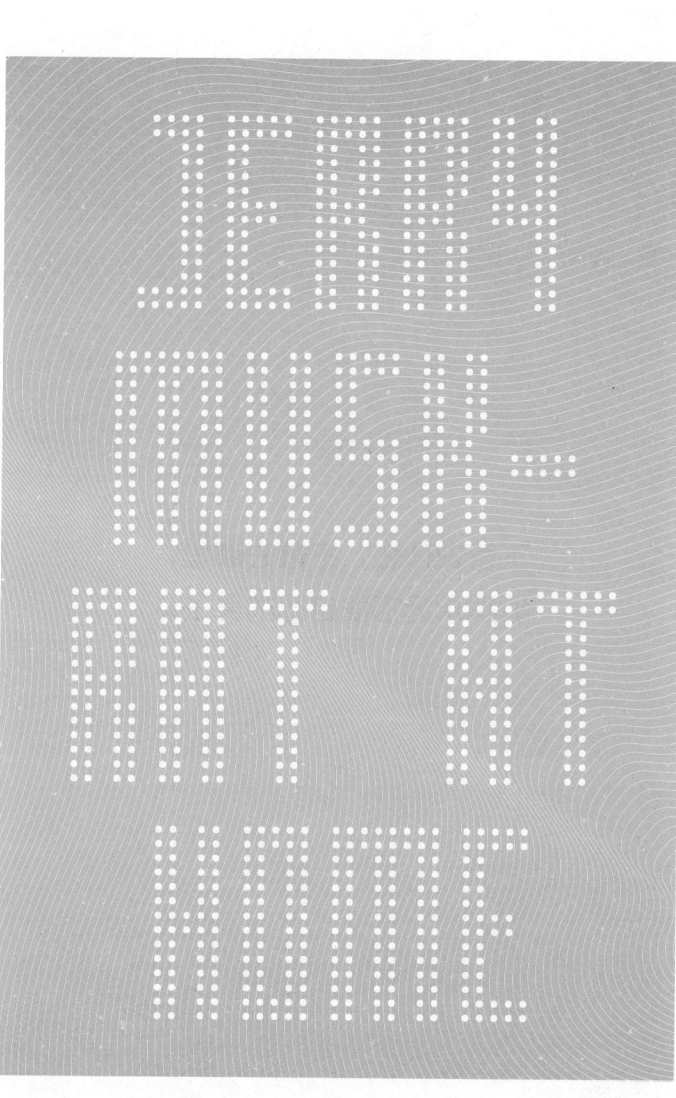

第二十六章
发现麝鼠杰里的踪迹

不管做什么,不管去哪里,
狐狸永远相信自己的鼻子。

说句大实话，狐狸雷迪一点儿也不笨，虽然他会时不时地被人愚弄，但是他很快就能察觉到，而且，他不喜欢被人用同样的方法愚弄两次的感觉。不过，有时候因为聪明，他也自欺欺人。

自欺欺人的情况就发生在了他和麝鼠杰里之间。狐狸雷迪不觉得麝鼠杰里比他聪明，因此，他没有怀疑麝鼠杰里会愚弄他。但是现在，无论如可，狐狸雷迪算是开了眼界。如果要继续追赶麝鼠杰里的话，他就得靠智谋了。

狐狸雷迪嘀咕道："现在，我都跑了一大半路程了，还是没有闻到麝鼠杰里的气味，这是怎么回事呢？"接着，他又朝前走了一段路，停在了一块没有长草的沟渠边——那片渠道的底部比较干燥，没有水。狐狸雷迪说："这次，我一定要逮住他。"说完，便跳进了沟渠。

他小心谨慎地在下面闻了又闻，可是，依然没有闻到任何有关麝鼠杰里的气味，也没有发现任何有关麝鼠杰里的蛛丝马迹。狐狸雷迪想，麝鼠杰里不可能走别的路，也不可能在经过沟渠时不留一丝气味。突然，狐狸雷迪明白了，于是跳出了沟渠，咆哮了一声："哈，麝鼠杰里根本没有回家，他就在这条沟渠和胡萝卜地之间藏着。"

之后，狐狸雷迪便盯着那条沟渠看了很久，好像在犹豫着什么。最后，他似乎下定了决心，再次跳进了那条沟渠。"虽然我不想把自己的脚打湿，但为了抓住麝鼠杰里，我只能这么做了，我非常确定，麝鼠杰里一定藏在这里面。"想到这里，狐狸雷迪便踩着沟渠底下的泥和水，慢慢地往回走。

在返回的过程中，他一边把沟渠里的杂草压倒在脚下，一边用自己的鼻子搜寻着麝鼠杰里的气味。走到沟渠尽头的时候，他终于闻到了麝鼠杰里的气味，他的鼻子告诉他，麝鼠杰里就是从那里跳进沟渠的。发现麝鼠杰里的踪迹后，狐狸雷迪的心情好了些。他知道自己终于找对了地方。这会儿，他已经找到了沟渠边那条隧道的入口，他终于知道麝鼠杰里藏到哪里去了。

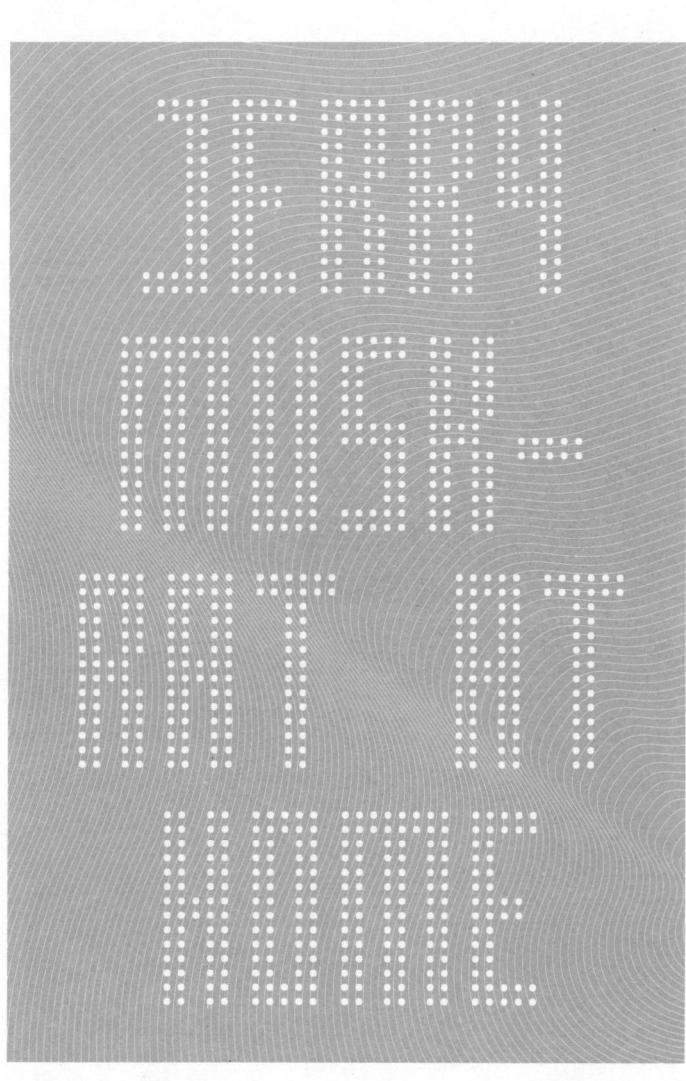

第二十七章
智慧战胜愤怒

为了活命,
有时得拼命。

此前,在发现了麝鼠杰里的情况后,狐狸雷迪完全丧失了理智。这个世界上,再也没有比丧失理智更糟糕的事情了。因为,当某个人丧失理智后,将很难控制住自己的情绪。一旦失去理智,我们唯一能做的就是尽快战胜它。

看到沟渠边那个洞口后,狐狸雷迪立刻意识到麝鼠杰里又愚弄了他。他勃然大怒,气得牙痒痒,喉咙里发出了低沉的吼声。几乎没有思考,他就打算把麝鼠杰里从里面给挖出来。他太生气了,觉得自己必须做点儿什么来出这口恶气。

这时,他的常识在耳边低语:"你这么做又有什么用呢？即使你这样做了，你也没办法把麝鼠杰里提溜出来啊。"

最后，狐狸雷迪还是停了下来，尝试着平息心中的怒火。他自言自语道："没错，我不能这么鲁莽，我都不知道这个隧道到底有多长，而且它里面肯定很潮湿，我下去只能把自己弄脏。现在，我要做的是不能让麝鼠杰里知道我发现了他的这个隧道。接着，我只需要在隧道附近静静地等着、偷偷地观察，麝鼠杰里便迟早是我的腹中之物。虽然现在他还在里面藏着，但是，他迟早会出来的。再耐心等会儿，麝鼠杰里，我就要抓住你啦。"

想明白之后，狐狸雷迪便跳到了沟渠的岸上，找了个地方舒舒服服地躺下，眼睛紧盯着麝鼠杰里的隧道口。现在，无论麝鼠杰里多么谨慎多疑，在出来前朝四周观察时多么仔细，狐狸雷迪也确信麝鼠杰里根本看不到他。

躺在那儿的时候，狐狸雷迪越来越开心，因为他很满意自己刚才的表现——就在刚才，他的智慧战胜了愤怒，并成功地控制住了自己的怒火。他心里清楚，就这样在外面等待，要比刚才那么暴躁地进入麝鼠杰里的隧道，把麝鼠杰里从里面提溜出来好得多。

麝鼠杰里舒舒服服地在他的小房间里待着，他从农夫布朗的菜园里拿了很多胡萝卜。当然了，他并不知道自己的行为是偷盗，因为格林牧场和格林森林里的小动物们都认为他们有权拿走自己发现的东西，所以，当他们从你的菜园和果园拿走东西的时候，他们并不知道那是偷盗行为。

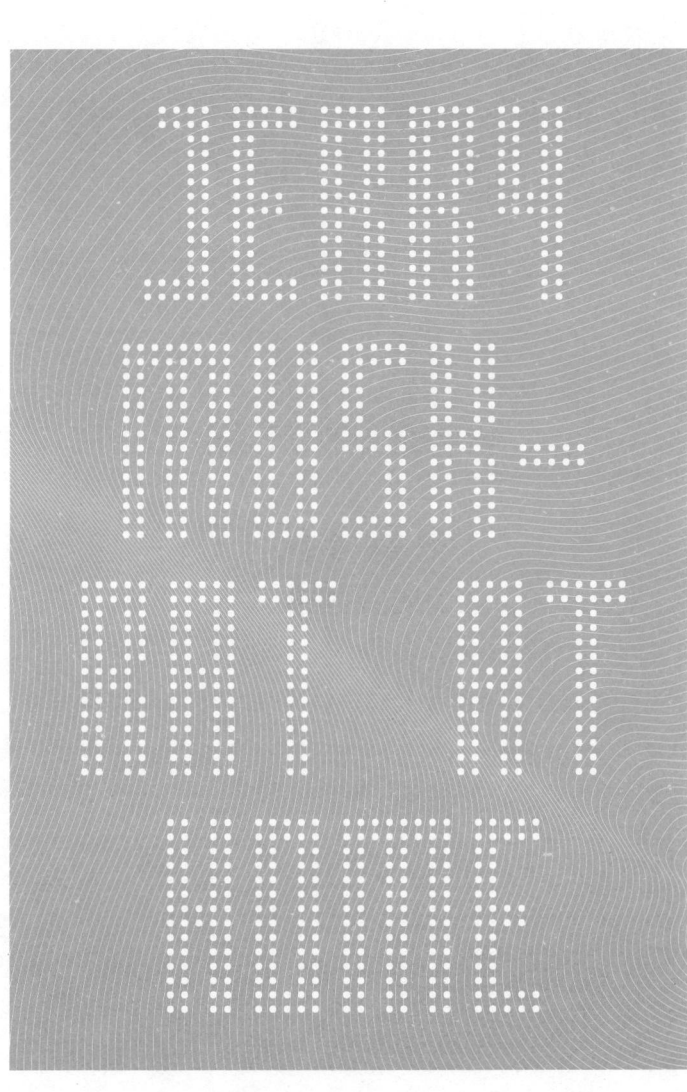

第二十八章
松鸦塞米多管闲事

好事总多磨,
耐心是美德。

你知道什么是多管闲事吗？多数人都有这个毛病。其实，多管闲事是兔子彼得那种好奇心的另一种表现形式。在这些动物中，松鸦塞米是最爱管闲事的一个。松鸦塞米不能容忍自己不知道周围发生的事情，如果有什么可疑的事情，他一定会立刻去查个水落石出。

格林牧场和格林森林里，狐狸雷迪最讨厌的事情之一就是出门时看到松鸦塞米。狐狸雷迪曾说过："因为松鸦塞米，我失去了本可以到手的晚餐。"很有趣是不是？实际上，松鸦塞米的口碑并不好，除了他的堂弟乌鸦布雷奇之外，他没有一个朋友。

不过，事实上，松鸦塞米是格林牧场和格林森林里最好的一个动物了，当危险即将到来时，松鸦塞米会告诉那些小动物们。因此，他曾救过不少小动物，可能比其他人救过的都多。

黎明时分，快乐的、圆圆的、红彤彤的太阳公公刚刚爬上蓝天，松鸦塞米便飞过格林牧场，来到了农夫布朗的玉米地旁边。就在他快要到胡萝卜地时，他那雪亮的眼睛看到了红色的东西。不用看第二眼，松鸦塞米就知道那是什么，因为他曾多次看到过那个东西，所以一眼就认出来了。松鸦塞米大笑道："哈哈！吼吼！狐狸雷迪又在干什么坏事儿？这里没有人居住，狐狸雷迪肯定在看沟渠里的东西，看来我得注意点儿了。"

松鸦塞米直接飞到了最近的一棵树上面，眼睛一眨不眨地盯着狐狸雷迪。当时，狐狸雷迪正专心致志地盯着麝鼠杰里的隧道口，根本没有察觉到松鸦塞米已经飞到了他的头顶上。

　　昨天晚上，狐狸雷迪根本没有回家。他去外面的牧场找了一个田鼠充饥，今天早上，便立刻赶到了这里，继续盯着那个隧道入口。他已经用自己灵敏的鼻子判断过了，麝鼠杰里仍然在隧道里面。所以，现在，狐狸雷迪打算继续守在那里，直到麝鼠杰里出来。当然了，如果他知道松鸦塞米正在他的头顶上看着他的话，他可能会改变主意。

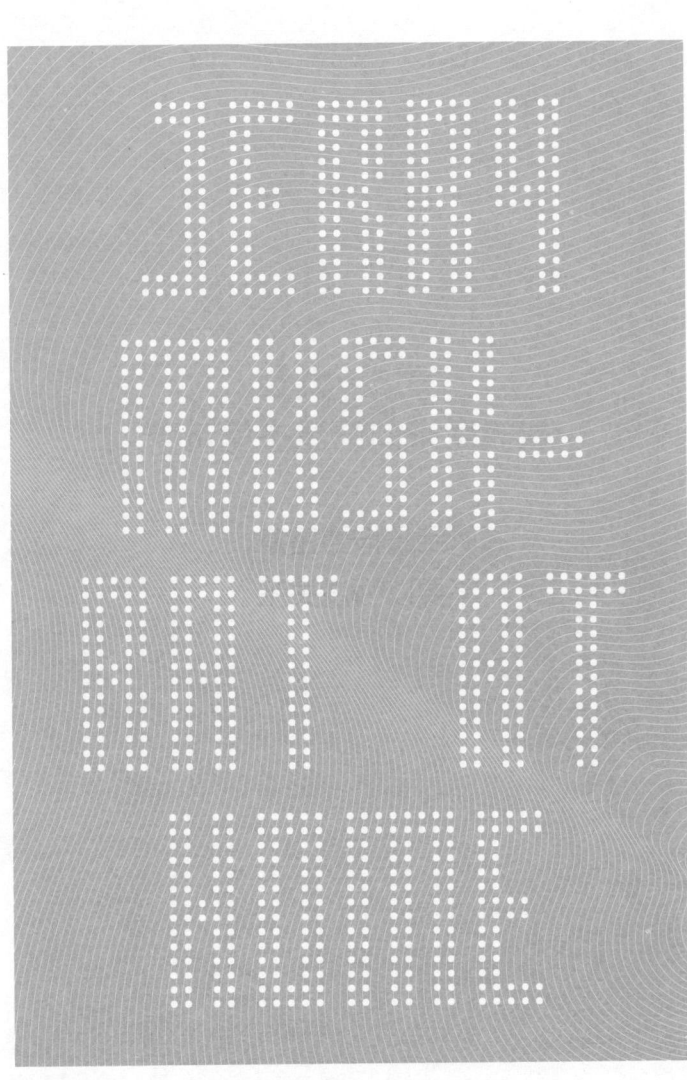

第二十九章
松鸦塞米向麝鼠杰里示警

听到警报要留意,
不要以为没关系。

微笑池塘、哈哈溪、老牧场、格林牧场、格林森林和老果园的动物们比人类更早知道，在自己幸福的生活中，安全最重要。这些动物时常处在危险之中，因此，他们给自己的孩子上的第一堂课就是有关安全教育的。那些不注意安全，不留意警告的动物活不长久。

　　在那个月光之夜，在农夫布朗的胡萝卜地里，麝鼠杰里在逃脱了狐狸雷迪的追杀后便做出了决定，他要待在温馨、舒适、安全的地下储藏室里，一直待到狐狸雷迪离开。他知道，像狐狸雷迪这么聪明的家伙，迟早会发现沟渠边的隧道，他也知道，如果雷迪真的发现了隧道的话,那么一定会整晚在旁边等待。所以,麝鼠杰里舒舒服服地躺在里面,睡到了大天亮。

麝鼠杰里醒来的时候,松鸦塞米刚刚离开格林森林。杰里思忖着这个时间可以去上面挖胡萝卜了,所以便从胡萝卜地那个洞口探出头来。爬出来后,他坐起身子,四下里看了看。当他确定附近没有敌人、很安全之后,便准备去挖胡萝卜了。

狐狸雷迪只是坐在沟渠边观察那个洞口,所以没有看到麝鼠杰里已经从另一个洞口爬了出来;又因为这个洞口有胡萝卜叶子的遮挡,与另一个洞口相距较远,所以狐狸雷迪没有发现麝鼠杰里的踪迹。不仅仅是狐狸雷迪,就连松鸦塞米也没有看到麝鼠杰里。

很长一段时间,松鸦塞米一直看着狐狸雷迪,而狐狸雷迪也一直盯着沟渠边的洞口。最终,松鸦塞米没有耐心了,飞到了狐狸雷迪的上空,那双犀利的眼睛看到了隧道的入口。虽然他不知道是谁挖的隧道,但是，按照常规的做法，松鸦塞米还是大喊道："小偷！小偷！抓小偷！"喊完这些话，他扇动着翅膀飞走了，他还有自己的事情要干。

一听到松鸦塞米的声音，麝鼠杰里立即抓起一个胡萝卜逃进了洞里。虽然他不知道危险是什么，但是他知道，安全最重要。

第三十章
麝鼠杰里神秘地消失了

东西不会无缘无故消失,
　否则违背自然规律。

一件神秘的东西之所以神秘，是因为你不明白它，是因为你无法对其做出合理的解释，所以才会觉得神秘。如果你在格林森林里游荡一阵子，便会经历很多稀奇古怪的事情，等你看清楚了、听明白了，自然就能知道它们背后的真相了。

一听到松鸦塞米的声音，狐狸雷迪就明白再在沟渠边的洞口守着已经没有任何意义了，他猜麝鼠杰里一定也听到了松鸦塞米的警告声。狐狸雷迪抬起头，正好看见松鸦塞米飞过了格林牧场。如果说眼光可以伤人的话，那么这会儿，松鸦塞米恐怕已经被狐狸雷迪凶狠的目光刺伤了。但是眼光不能伤人，松鸦塞米也没有想过狐狸雷迪的愤怒,而是直接就飞走了。因此,狐狸雷迪只能小跑着回到自己在老牧场的家中。

之后的一段时间里,狐狸雷迪多次悄悄地溜到沟渠边,去查看麝鼠杰里的隧道入口。有时候,他是在黎明时分去的;有时候,他是在下午去的;还有的时候,他是趁着夜幕刚刚降临时去的;另外,午夜时分他也去过。每次,他都想给麝鼠杰里一个大大的"惊喜",但每次都失望而归。

最后,狐狸雷迪决定改变计划,他发现麝鼠杰里一直在挖胡萝卜,所以准备直接藏在胡萝卜地里,在那里找机会抓麝鼠杰里。第一次实施这个新计划时,他选择了一个月光皎洁的夜晚。狐狸雷迪平躺在萝卜地里。不久之后,麝鼠杰里不知从哪里冒了出来,开始在胡萝卜地里挖胡萝卜。狐狸雷迪因为离他还有一段儿距离,就异常谨慎地朝麝鼠杰里那边爬过来。突然,麝鼠杰里一下子消失不见了,他的消失和他的出现一样神秘。

狐狸雷迪站起来,看着那些胡萝卜叶子,想通过叶子的情况来推测麝鼠杰里去了哪里。但是一片儿叶子也没有动,狐狸雷迪觉得麝鼠杰里肯定是躺在地上了。

狐狸雷迪轻轻地跑到了刚才看见麝鼠杰里的地方,不过在那里,他依然没有看见麝鼠杰里。接着,他又去了另一边,还是没有发现麝鼠杰里。这下,狐狸雷迪来了劲头,在一行行胡萝卜之间上蹿下跳,最后,还是没有发现麝鼠杰里。但是,狐狸雷迪仍然很乐观,他觉得,如果麝鼠杰里想要离开沟渠的话,他一定能够发现麝鼠杰里的身影。可是,麝鼠杰里真的消失了,狐狸雷迪只能回家了。回到家里后,他反复思考着这件神秘的事情。

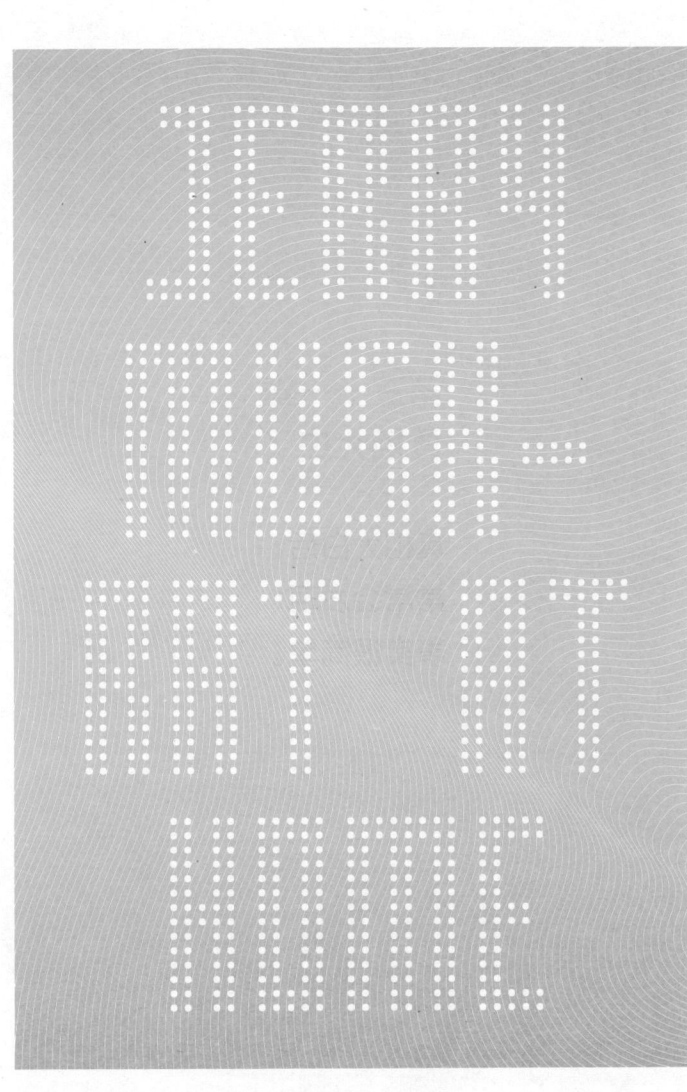

第三十一章
真相大白了

真相大白后,
常常会发现:
事实很简单。

狐狸雷迪不喜欢神秘的事情，因为他很聪明、很狡猾，所以无法容忍自己不明白的事情存在。麝鼠杰里在农夫布朗的胡萝卜地里神秘消失这件事情，久久地困扰着狐狸雷迪。因为想不到别的情况，所以他有种不舒服的感觉。他觉得自己又被麝鼠杰里耍了，这伤害了他的骄傲。

当然，狐狸雷迪是不会放弃的，因此，那天晚上，他又回到了胡萝卜地。虽然这次他没有看到麝鼠杰里，但是第二天早上，他再次去了胡萝卜地，就藏在上次看到麝鼠杰里的地方。在那里等了几分钟后，一个偶然的转身，他发现麝鼠杰里在他的背后，正背对着他。

狐狸雷迪惊呆了，因为在此之前，他根本没有听到任何声音，但是麝鼠杰里却突然出现在了他背后，离他仅两步远。于是，狐狸雷迪立刻下蹲，打算往前跳两步，直接扑上去。可是，就在他准备这么做的时候，快乐的小微风再次吹过，麝鼠杰里闻到了狐狸雷迪的气味。

就在狐狸雷迪向前跳了一步的时候，麝鼠杰里已经像闪电一样立马消失不见了。因此，当狐狸雷迪的第二步跳出去之后，便发现他的前方已经空无一物。

"哈！"狐狸雷迪惊叫了一声。他突然明白麝鼠杰里是怎么做到的了——杰里一定是钻入了地下。狐狸雷迪嘀咕道："为什么我之前就没有想到呢？毫无疑问，那个家伙在这里挖了个洞。"两分钟后，狐狸雷迪的鼻子引导着他找到了胡萝卜地的那个洞口。

当时，狐狸雷迪只想把麝鼠杰里从洞里提溜出来，但是，他突然想到，沟渠那里也有一个洞口。因此，他觉得，麝鼠杰里的这个隧道一定很长，而且至少有两个出口。这样一来的话，他便不可能把麝鼠杰里挖出来了，因为麝鼠杰里可以从另外一个出口逃出隧道。思忖了两分钟后，狐狸雷迪便跑回了老牧场。他要实施一项新计划，这次他有十足的把握。

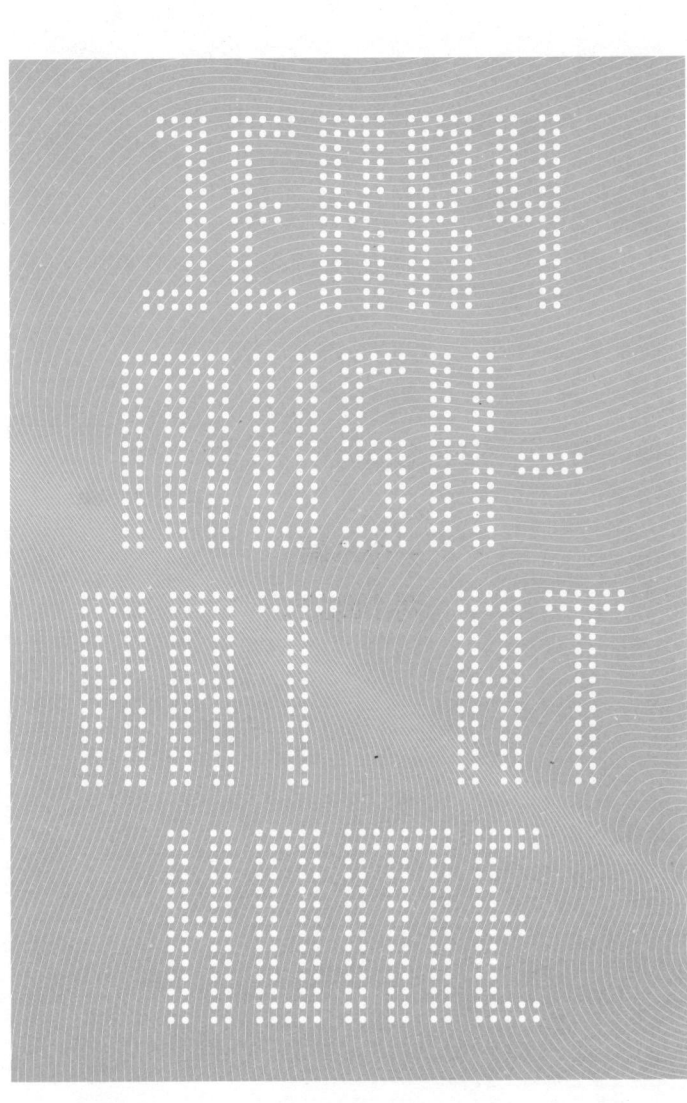

第三十二章
狐狸雷迪再次失败

一个不够,
两个刚好。

狐狸雷迪没有浪费一分钟，他知道麝鼠杰里所做的一切，他也明白了，为什么上次在沟渠和哈哈溪之间，没有发现麝鼠杰里留下的痕迹。当然了，那个时候，麝鼠杰里既没有回哈哈溪，也没有去微笑池塘，而是就待在自己的新隧道里，在那里给自己储存了过冬的胡萝卜。

回到老牧场自己的家中后，狐狸雷迪发现雷迪夫人不在。他大失所望，因为他需要雷迪夫人帮忙。于是，他抬起头，朝着天空嗥叫了一会儿，等了一会儿，又嗥叫了一次，再过了一会儿，又嗥叫了第三次。这一次，他得到了雷迪夫人的回复，他知道，雷迪夫人正在回家的路上，因此，他便坐下来耐心等待。

雷迪夫人回到家后，狐狸雷迪便把有关麝鼠杰里的一切统统告诉了她。最后，狐狸雷迪说："亲爱的，我们现在就出发去那里吧，你待在一个洞口，我去另一个洞口。如果我们有耐心的话，迟早能吃上一顿麝鼠宴。"

狐狸雷迪和狐狸雷迪夫人匆匆忙忙地穿过格林牧场，来到了沟渠边。狐狸雷迪这次的计划简单易行，胜利似乎就在眼前。狐狸雷迪夫人藏在沟渠边，狐狸雷迪去了胡萝卜地。到达那个洞口后，狐狸雷迪又有了新想法，他觉得，与其在那里苦等，不如去洞口挖土，这样的话，受到惊吓的麝鼠杰里就会逃往另一个出口。

所以，狐狸雷迪在胡萝卜地那头挖呀挖，狐狸雷迪夫人在沟渠那头等啊等，但是麝鼠杰里始终没有出现。最后，狐狸雷迪决定不挖了，他怀疑自己这么费力，到最后还是竹篮打水一场空。事实果真如此，因为麝鼠杰里早就猜到了狐狸雷迪发现那个洞口后会怎么做。

当时，麝鼠杰里心想："现在，我的这个隧道的两个洞口都暴露了，狐狸雷迪肯定会叫雷迪夫人或者狐狸老奶奶来。现在，我挖回的胡萝卜已经够我吃一个冬季的了，因此，我得找机会回微笑池塘啦。"

就在狐狸雷迪回家寻求狐狸雷迪夫人的帮助时，麝鼠杰里已经溜出了他的隧道，尽可能快地跑回了哈哈溪，从那里游回了微笑池塘。回去之后，他爬上了大石头，在那里，他可以看到整个格林牧场。平息下来怦怦乱跳的心脏之后，麝鼠杰里便开始咯咯地笑起来，因为他看到狐狸雷迪和雷迪夫人匆忙地穿过格林牧场，往胡萝卜地跑去。

第三十三章
抓住麝鼠杰里不容易

既知不可为,
就要快撤退。

要让狐狸雷迪承认麝鼠杰里比他聪明，实在是太难了，不光对狐狸雷迪来说太难了，几乎所有自以为聪明的人都有这样的通病。狐狸雷迪挖呀挖，直到筋疲力尽，也没有把麝鼠杰里从隧道里吓出来。那条隧道从沟渠尽头，直通到胡萝卜地中间。此刻，雷迪夫人正站在沟渠那边的隧道口处。在确定麝鼠杰里不在隧道里后，狐狸雷迪便停下了挖掘隧道的工作，去了雷迪夫人那边。

看到狐狸雷迪走过来，雷迪夫人说："唉，你给我保证的麝鼠宴在哪里呢？"

即使到了这个时候，狐狸雷迪还是想找个借口掩饰，于是，他说："或许就在你转过头的那个瞬间，他趁机逃跑了。"狐狸雷迪试图把责任归到雷迪夫人头上。

雷迪夫人的眼睛眨了又眨,随即严厉地说:"你为什么不跟我说实话呢?你明知道我们到这里之前,麝鼠杰里就已经离开了。你说,你把我带到这里来干什么?"

说完,狐狸雷迪夫人便转身朝老牧场走去。

因为找不到一个合适的措辞,狐狸雷迪的脸上露出局促不安的表情,眼睁睁地看着雷迪夫人远去。等她从视线里消失之后,狐狸雷迪便跳进沟渠里的隧道口,闻了又闻。不用怀疑,麝鼠杰里没走多久。狐狸雷迪跳出沟渠后便朝微笑池塘跑去。他小心地来到池塘边,看到麝鼠杰里正坐在大石头上。麝鼠杰里看起来心满意足的样子,狐狸雷迪当然能猜出其中的缘由了。

狐狸雷迪咧开嘴巴,露出两排牙齿,眼睛里流露出凶狠的光。因为不愿意让麝鼠杰里看到自己既生气又失望的样子，所以，他并没有跳出来，而是转身溜走了。现在，他准备去格林森林找一个安静的地方，独自在那里平复心中的怒气。在路上，他喃喃自语："那个家伙不值得我抓，我一向不喜欢麝鼠，因此，即使我抓住了他，该怎么处理也还是个问题。"

　　不知道麝鼠杰里听到这样的话后，会不会哈哈大笑呢？

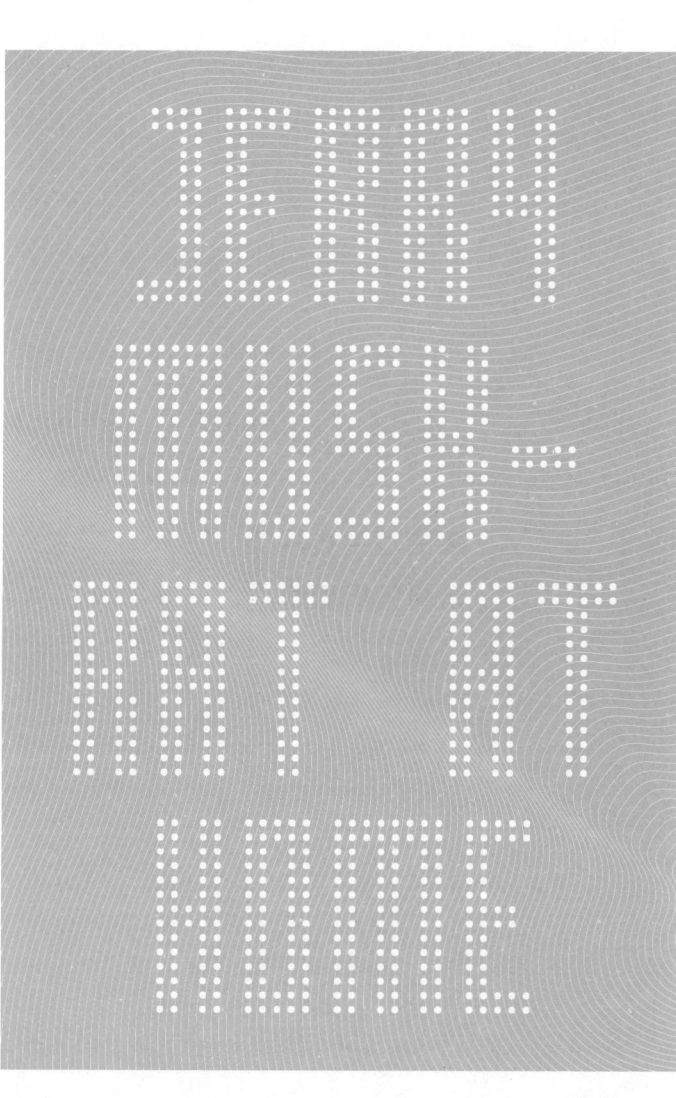

第三十四章
陌生人投食

事情发生有规律,
认真分析破难题。

一周以来，麝鼠杰里总是能在他喜欢去的那几个地方找到好吃的东西。原来，有个陌生人经常来微笑池塘和哈哈溪，并在那里放一些食物。

最开始的时候，麝鼠杰里很担心，害怕那是陷阱。后来，他发现那里并没有陷阱，因此，到了周末的时候，他的疑虑完全消失了。

麝鼠杰里一直很小心，他要么爬上岸，要么就在水中的老原木上享用那些美味。后来，他觉得那些食物就是那个陌生人专门留给他的。这样一想，他便更加放心了。 麝鼠杰里心想："虽然水貂比利说他发现了人类设下的陷阱，但是，我觉得，这些食物应该是安全的。我认为，留下这些食物的那个陌生人一定是我的一个老朋友。不过，直到现在，我都不知道他是谁，他为什么这么做。不管啦，这些食物真美味，我希望他能给我再带些苹果、胡萝卜，我最喜欢吃这些东西了。"

现在，这个陌生人要么清早来，要么傍晚来。每次，他都会在那些地方留下一些好吃的。麝鼠杰里非常感激这个陌生人，因为这些食物，他省去了不少找食物的麻烦，也因此节省了好多时间。有了这些食物，他便可以一门心思地盖房子、准备过冬了。

我们前面说过，麝鼠杰里觉得这个冬季会很冷，因此，他要为此做好充分的准备。他努力地工作，把房顶和四周的墙壁都垒得坚固耐用，还在微笑池塘里挖了好几条隧道。这样一来，不管这个冬季多么寒冷，他的房间里都会温暖舒适了。

经过这段时间的接触，麝鼠杰里对那个陌生人已经完全没有了戒心，偶尔，当那个陌生人看他时，他也会很放心地继续工作。当然了，他放心的前提是那个陌生人没有带猎枪，如果他真的发现那个陌生人带着猎枪的话，他一定会心生警惕的。

　　陌生人离开后，麝鼠杰里又继续工作了一段时间，接着，便匆匆忙忙地跑去看陌生人给他留下了什么。麝鼠杰里很高兴，根本就不担心那里会有陷阱。

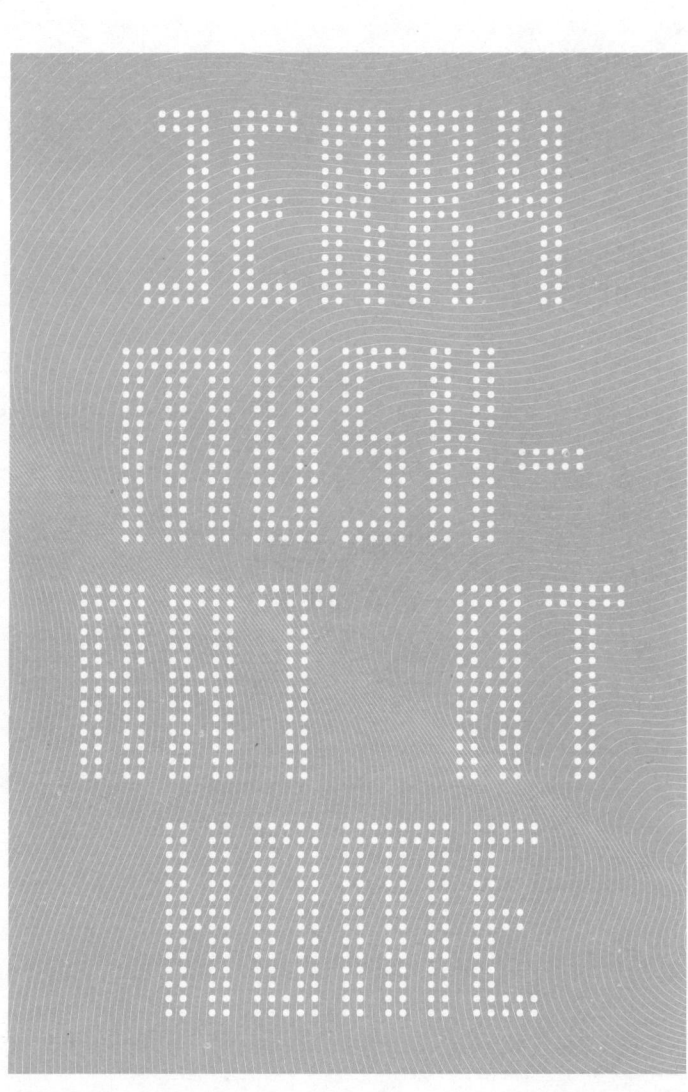

第三十五章
麝鼠杰里的尾巴被夹住了

只要粗心大意,
一定麻烦不断。

一天，那个陌生人又来到了微笑池塘，他已经连续这么做了一个星期了。麝鼠杰里虽然一直在忙着盖房子，但是同时也不忘关注那个陌生人，看看他来这里干什么。像往常一样，那个陌生人去了麝鼠杰里最常去的那几个地方。不过这次，麝鼠杰里发现他在每个地方待的时间都要更长些。但是麝鼠杰里没有多想。

那个陌生人一离开，麝鼠杰里便直接游到了那根老原木前。那根老原木的一部分在水里，另一部分则在岸上。他相信，在岸上的老原木旁，他可以找到些苹果或者胡萝卜。果然，他没有失望，在还没有看到那些东西时，他已经闻到了它们散发出的气味。一般情况下，麝鼠杰里会直接爬到岸边的老原木上，但是这次他并没有这么做，而是先爬到了岸边，然后才上到老原木上，并坐在上面开始吃东西。天哪，那些苹果核、胡萝卜片实在是太好吃啦！最近，麝鼠杰里一直忙着盖房子，因此吃得也特别多。

最开始的时候，他是对着池塘坐的，过了一会儿，他转过身，背对着池水，把尾巴伸进了水里。突然，他的尾巴像是被什么夹住了，感觉特别疼，内心也特别恐惧。他一下子跳了起来，但是，因为尾巴被夹住了，他失去了平衡，从原木上掉了下去。然后，他试着爬回去，但是不行，那个东西紧紧地抓着他的尾巴。麝鼠杰里疼得忘记了思考，他不知道是什么可怕的东西抓住了他，因此，他使劲地拉呀拉呀。最后，当他扭过头去，准备看看那是个什么东西的时候，他发现，原来他被一个捕兽器夹住了——捕兽器上一个圆圆的、残忍的铁夹子正紧紧地夹着他的尾巴。

这时，麝鼠杰里才清醒过来。那个陌生人是个猎人，为了引诱麝鼠杰里，他故意在那些地方放了些好吃的。等到麝鼠杰里习惯了去那些地方吃东西，并对他失去了戒心之后，他便在水下的老原木上设置了陷阱。如果麝鼠杰里像往常一样直接爬上原木的话，那么他的一条腿就会被卡住。不过，这次他却意外地先爬上了岸，所以，那个捕兽器只是夹住了他的尾巴。

夹住尾巴已经够糟糕的了，如果真的被夹住一条腿的话，麝鼠杰里的情况会更加糟糕。不过现在，对麝鼠杰里来说，无论是夹住尾巴还是夹住腿，他的情况都很糟糕。可怜地麝鼠杰里呀，他已经被吓得忘记了疼痛。

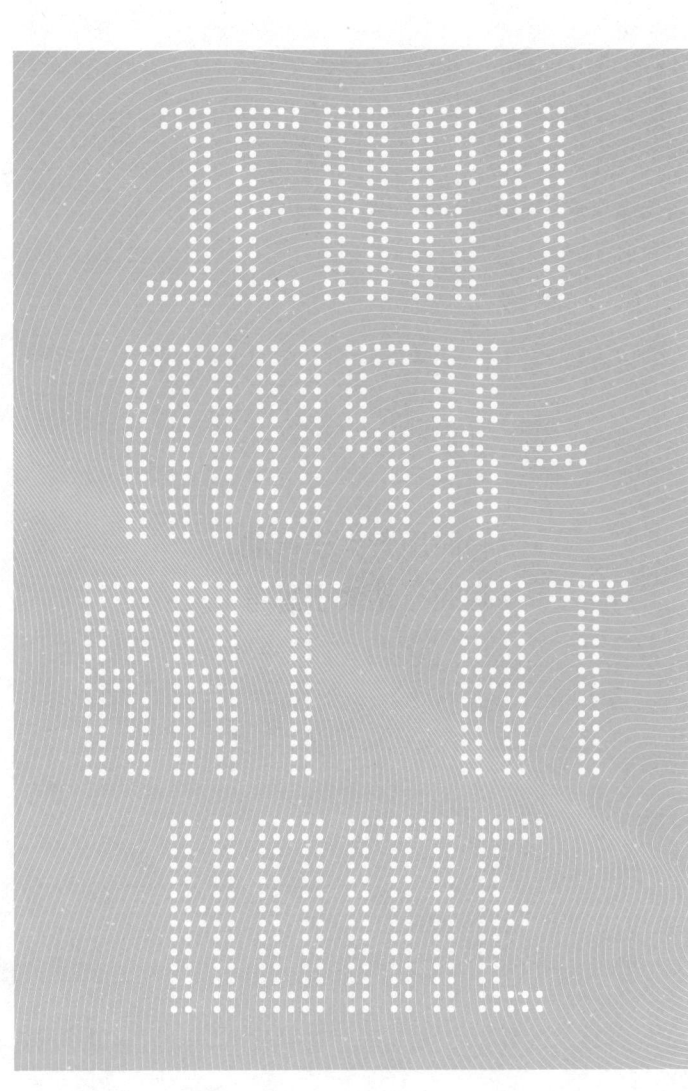

第三十六章
麝鼠杰里治伤

有时思考大于行动,
有时行动大于思考。

麝鼠杰里被那个残忍的铁夹子逮住了，幸运的是，夹住的是他的尾巴，而不是他的腿。不过，对当时的麝鼠杰里来说，他并不觉得有什么值得庆幸的地方，按照麝鼠杰里的逻辑，被夹住尾巴就是大不幸了。

现在，麝鼠杰里待在水里比在陆地上更舒服些，你知道的，面对危险，他的第一反应就是跳入水中。因此，那个铁家伙抓住他的尾巴后，麝鼠杰里便转身跳进了水里，准备游走。但是，他这么做刚好中了猎人的诡计。他不该跳入水中的，因为一旦跳入深水中，那个铁链便会缠得更紧——原来猎人希望麝鼠杰里在水中淹死啊。跳入水中后，麝鼠杰里拼命地游啊游啊，但是那个夹子抓着他,他越挣扎,那个夹子便夹得越紧。在挣扎的过程中,他的鼻子里进了好多水,差点儿淹死。

不久,麝鼠杰里便意识到他不能这么拉自己了。最开始的时候,面对危险,麝鼠杰里受到了惊吓,根本没有用到自己的智慧。慢慢地,当他清楚了自己的处境之后,便开始思考出路。于是,他又转身游回到了岸边,爬到了老原木上,并蹲着休息了一会儿,恢复了些力气。

麝鼠杰里心想:"潜入水中也救不了自己呀,虽然我的水性很好,但是不能摆脱那个捕兽器,或许我可以在岸上想办法挣脱开这个捕兽器。"

所以,休息好之后,麝鼠杰里便开始用自己的爪子挖原木,然后使劲拉呀拉呀。他感觉自己的尾巴好像要从根部断了一样,但是无论如何,断了尾巴也要比丢了性命好吧。因此,他继续拉呀拉呀,慢慢地,他觉得他的尾巴好像一点点地脱离了那个铁夹子,这让他信心倍增,于是,他更加卖力地拉呀拉呀。

突然,他扑倒在地上,身后也传来了"砰"的一声。原来,他的尾巴挣脱出来了,那个铁夹子又合在了一起,那个"砰"的一声就是铁夹子合在一起的时候发出的。麝鼠杰里的尾巴是锥形的,根部粗、末端细。铁夹子只是夹住了他的尾巴的末端,因为这种尾巴的特殊形状,麝鼠杰里终于挣脱了铁夹子。

一挣脱铁夹子,麝鼠杰里就跳进水里,游到了自己的房间。直到确保自己真的安全后,才开始仔细检查他的尾巴。捕兽器上的铁夹子夹破了他的皮,尾巴末端还在流血,他感到了钻心的疼。麝鼠杰里小心地舔了舔伤口,接下来的一天里,他都待在房间里疗伤。

第三十七章
麝鼠杰里满腹疑虑

知错能改,
善莫大焉。

麝鼠杰里躺到安全而舒适的床上，终于有时间静下心来思考了。他想了好多，想起了那么长时间来，他每天都能在那几个固定的地方找到好吃的，怎么一点儿都没起疑心呢。事实上，那个猎人把每件事情都做得天衣无缝，他也明白猎人的目的，这一切都很公平。

麝鼠杰里心想："他是想让我认为他是我的好朋友，他知道，如果我还存有哪怕一丁点儿疑虑，我就会留心陷阱。所以他假装是我的好朋友，给我带来好东西，博得我的信任。我确实不再怀疑他了，他也看到了这一点。因此，当他确定我不再怀疑他时，便设下了陷阱。我再也不会相信任何人,再也不会了。虽然不相信别人很难受,但是我不得不这么做。"

因此,从那之后,麝鼠杰里开始不相信任何事情,不仅不再相信曾经的朋友们,而且还以怀疑的眼光看待一切。他不敢再爬到岸边那几个最喜欢的地方去了,他甚至怀疑那块大石头附近也有陷阱,他觉得最安全的地方就是家里了。之前,在微笑池塘里,他一直生活得快快乐乐的,但是现在,他觉得生活似乎了无生趣,没有丝毫快乐可言。

当然,他也不能一直待在家里呀,他得出去找东西吃,还得继续工作,确保他的房子抵挡得住冬日的严寒,所以,他不得不出去找吃的、找建筑材料。但是,每次去岸边的时候,他便多长了个心眼儿,处处留意,看那里是不是有陷阱。

治好尾巴后,他做的第一件事情就是去了一趟以前常去的那些地方。这次,他不是为了找吃的,而是为了看看那里有没有陷阱。和原木上一样，猎人也在那些地方设置了陷阱。从此之后，麝鼠杰里再也不去那些地方了。或许水貂比利可以去吃那些好吃的东西，而且不用害怕陷阱，但是麝鼠杰里却不愿意再冒险了。虽然那些苹果和胡萝卜很诱人，但是麝鼠杰里依然远离那些地方，对他来说，那些普通的食物就足以让他的胃满足了。每次出去找吃的时，他都会特别留意陷阱。

麝鼠杰里的心中充满了不信任与怀疑，所以他感觉任何事情都没有了乐趣。

第三十八章
农夫布朗的儿子发脾气

既然非亲非故,
不要奢望人家同情你的痛苦。

农夫布朗的儿子已经很久都没有去微笑池塘和哈哈溪了,所以不知道那里发生了什么事情。一天早上,当他无所事事时,他突然想去微笑池塘看看麝鼠杰里最近怎么样了。

看到农夫布朗的儿子朝他走来时,麝鼠杰里有点儿害怕。因为和猎人的那次遭遇,他现在连农夫布朗的儿子也不相信了。

麝鼠杰里小声说:"过去,我一直非常相信农夫布朗的儿子,但是现在,我不再相信他了,我不再相信任何人了。为什么农夫布朗的儿子那么友好呢,我猜他肯定有不为人知的目的和企图。"嘀咕完,麝鼠杰里便藏到了农夫布朗的儿子看不到的地方——在那个地方，农夫布朗的儿子看不到他，但是他可以看到农夫布朗的儿子。

农夫布朗的儿子是吹着口哨来到微笑池塘的岸边的，你知道的，他一高兴就吹口哨。在岸边他看到了麝鼠杰里的新房子，于是开口说道："麝鼠杰里，看来你已经准备好过冬了。我给你带来了几根胡萝卜，希望你喜欢，你可以在那根老原木那里找到它们。"

说完，农夫布朗的儿子便从口袋里掏出了几根胡萝卜，并走到了老原木那里。我们知道，麝鼠杰里就是在这根老原木前被铁夹子夹住的。因此，当农夫布朗的儿子走到那里之后，大吃一惊。他发现，那里居然已经有一些胡萝卜了。他满脸疑惑地说："这是怎么回事？"说完，他还朝周围看了看，很快便看到了那个捕兽器。农夫布朗的儿子生气地大叫道："哈！我早该想到的！"说完，他蹲了下去，抓住那个铁链，把它从原木里拉出来,并扔到岸边。接着,他又去了麝鼠杰里常去的一个地方,正如他所预料的那样,在那里,他找到了另一个捕兽器。在破坏了第二个捕兽器之后,他更加生气了。

农夫布朗的儿子很了解捕兽器,也很了解麝鼠杰里,因此,他还去了麝鼠杰里常去的其他地方,也就是那些可能会设置陷阱的地方。果然,在那些地方,他又找到了两个捕兽器,这时,他气得都要发疯啦。

他大喊道:"谁这么大胆,敢在这里设陷阱。这是我们的土地,大家都知道,这里不允许设陷阱。看来我得去哈哈溪那里看看了,不知道那里有没有陷阱。这些捕兽器我带走了,谁设置的陷阱,谁就到我家来拿。到时候,我要告诉他,这里是不能设陷阱的。"

说完,农夫布朗的儿子便恢复了平常的状态,高高兴兴地去了微笑池塘和哈哈溪。

麝鼠杰里发现,终究还是有人值得信任的。